反派的戀愛之路

陌穎 著

各界作家推薦

這是個很有趣的故事，一口氣就看完了！

女主角不是典型的「好人」，但是她直來直往的個性，帶領著整個故事前進。其實，反而讓人有點羨慕她能夠這樣自在的做自己。

故事節奏輕快，懸疑感十足，讓人很好奇妮淵到底做了什麼事。

跟隨著女主角的步伐，帶領著讀者一步一步揭開真相。在此同時，那微妙的愛戀幼苗正悄悄的滋長。

女主角的嗆辣，男女間的過招，緊湊的劇情，交織出一個浪漫的反派愛情故事。

——海盜船上的花

祝娜的個性真是我見過最酷的女生，她絕不讓自己吃虧，有仇必報，又因為被迫習慣旁人的酸言酸語，使她練就了直接無視旁人說閒話的功夫，這樣的她跟一般的女主角很不一樣，卻同時顯得她的可憐。

祝娜在旁人眼中確實不討喜，甚至會因此將她誤認為是個罪惡深重的人，可是白晨邕卻不像其他人那般看待祝娜，她對祝娜是真的很好，到了最後他根本就是霸氣外漏，超帥氣的！我稱他為霸氣一哥！

一開始在故事開頭，我們或許會認為祝娜是故事中的反派角色，畢竟她在學校的風評真的很差，可是看到最後，一切卻顛覆我所想像，真正的反派另有其人。

真的很喜歡反派這個故事，陌穎生動的文字描述，讓故事內的角色如同擁有生命一般，讓我們可以一起體會角色的心情，真心推薦這個故事！

——摸西摸西

好看！一不小心就把這本看完了XD

是說，妮淵才是這部的反派吧，完全大魔王，劈腿什麼的樣樣來，相反的，祝娜直率不做作的個性還比較討喜哈哈！

而且我超喜歡白晨邕，淡漠但又莫名的霸氣溫柔，然後又是個運動系的病態男孩，完全是我喜歡的男主角設定~~~

——雨菓

因為一場意外，女主扮演了自己雙胞胎姐妹，展開了與眾不同的生活，進而跟男主談一場驚心動魄的戀愛。在閱讀時，都會被劇情的轉折震撼到，讓人不斷想繼續看下去，男女主角的互動也令人感到怦然心動，是值得一看再看的愛情小說！

——微風

目次

楔子

我的人生像是被註定好的劇本，專屬於反派的劇本，所有篇章，肯定之後，總會伴隨著否定。
例如：
她很美，但是心地很壞。
她美術很好，但是成績很差。
她迷倒一票男孩，但是個性很隨便。
她很多人追，但是唯獨他不喜歡她。
他們很相愛，但是他們終究要分離。

因為「她」是劇本中的反派。
擁有優秀的外在條件和迷人的天生魅力，但是，男主角中註定不會屬於她。
而我，卻是個「她」。

第一章　結怨的導火線

＊

「這次我們改恩高中的籃球隊能拿下全國冠軍，一定要好好表揚我們最盡責也最嚴格的隊長『關馳赫』！」主持人搭著關馳赫的肩，笑得合不攏嘴，「赫哥啊！你有沒有什麼感言想要說一下？」

原本我只是經過操場的籃球隊慶功宴，聽到關馳赫的名字，雙腿不禁微微一滯，收起剛踏出的腳步，轉了方向加入圍觀民眾，只見籃球隊隊員們買了許多食物和水果酒，和全校支持者同歡。

「有什麼好說的？我平常講得還不夠多嗎？」關馳赫顯然已經喝得有些微醺，隨手揮了揮手，笑得燦爛。

「哎呦，赫哥你平常不是最招搖了嗎？今天是在客氣什麼？你可以跟大家分享一下成功祕訣或感謝一直支持你、為你加油的人啊！」

一旁其他隊員們開始起鬨：「阿赫！怡煦也有來慶功宴啦！」

「最支持阿赫的一定是樓怡煦了啊！從小是青梅竹馬，每場練習也都到場應援，你們都曖昧那麼久了，到底要在一起了沒？」

「對啊！在一起了啦！」

「在一起、在一起、在一起……」

一直待在角落的女孩面露嬌羞，在起鬨聲中被眾人拱了上去，她笑得靦腆，遮遮掩掩著笑臉，雙頰羞紅。

不難看出她今天特意打扮，唇上塗抹著俏麗的淡粉色，頭上也別著小巧可愛的天空藍色髮帶，與制服十分相襯。

包括圍觀的同學們，所有人開始歡呼躁動，現場情緒漲到了最高點。

他們倆對視的眼神中充滿笑意，彷彿有股甜蜜的悸動漂浮在兩人靠近的距離之間。下一秒，關馳赫伸手牽住樓怡煦的小手，將她霸氣地拉到面前，二話不說便俯身吻住她的唇。

所有叫囂和歡呼一併爆裂，傳播到我耳中卻成了寂靜。

那個位置是我的才對。

我怒目瞪視著台上那對熱吻的情侶，就算面容陰沉、神情邪惡，也無法讓這股厭惡幻化成實質力量，將他倆緊貼著的身軀分開，更無法抑制心中那令人作嘔的妒恨。

不過，周圍的圍觀群眾倒是注意到我了。

場邊呼聲漸漸削弱，我四周的同學們識相地退出了空間，我感受到周圍所有目光一瞬間都投注在我身上，這龐大的壓力在此刻卻間接增加了我的勇氣。

不對勁的氣氛很快便傳到台上，主角停止激吻，有些茫然地瞇起眼看著燈光昏暗的台下，現場頓時鴉雀無聲，就連鞋跟擦過草皮的聲響都一清二楚。

闕馳赫定住雙眸，目光落在我身上。

我想，自己如同光明中唯一的黑暗吧？在這歡騰的大日子，我就像一個不速之客，破壞了和諧。

我不畏眾人眼光，直勾勾瞪著闕馳赫，跨步朝台上走去。

「呃……這位同學——」主持人想說些話化解尷尬，想阻止我擾亂慶功宴的歡樂和這對幾秒前才確認關係的情侶，卻馬上被其他籃球隊員制止。

儘管必須仰著頭才能直視闕馳赫，我依然絲毫未眨動一下眼皮。

「裴祝娜，妳……」他的神情肅穆，方才的笑意已消失殆盡。

我挑起眉，踮起腳尖，唇瓣湊向他的耳畔，幾乎快貼上他的肌膚。

「這是你選的……不要後悔。」

不過——

我想他一定後悔了。

因為，闕馳赫升上高中的第一段戀情，在兩個星期後便草草結束，女主角也就此在改恩高中消失。

往後的一年，我也在數項罪名的標籤下，渾渾噩噩升上高二。

「這樣的結局，妳真的滿意嗎？」

我時常會夢見闞馳赫望著我的眼，冷冷地說出這段話。

「當然。」

我總是這麼回答。

然而，這是一個連我自己都無法感到踏實的答案。

*

我微微傾身站在吧台邊，隨意瀏覽著手機，震耳欲聾的熱音和人群歡呼聲如同浪潮般灌入耳膜，在腦中以麻痺的形式盤旋著，反而得到了幾分清幽。

偶爾抬起頭，映入眼簾的總是一些渾身叛逆的不良學生，隨著前方臺上樂團所演奏的搖滾樂滑稽地擺動身軀，為之瘋狂。

昏暗的燈光、叛逆的氣場，還有這群標準的不良少年，這裡的一切都浮動著我的感官，有股隱隱約約的快感在心中作祟。

派對的霓虹燈光雜亂地變換著，繽紛的光束加劇扭曲著此刻的真實感。

「祝娜！原來妳有到場！」

一個膚色古銅、渾身肌肉的男孩走向我，他露出燦爛的笑容，隨手撥弄了下那頭染成金褐色的捲髮。

「那當然，生日快樂。」我對他挑起眉，祝賀道。

這場午夜派對是他舉辦的，他是改恩高中以富裕著名的不良少年，今天邀請了幾十人到這座位在地下室的音樂酒吧。

「謝謝啦！那我先去和其他人打聲招呼，等等再回來和妳聊聊。」他從口袋中掏出一包菸，問道：「抽嗎？」

我微微頓了一下，動作俐落地接過菸，「謝了。」

待他逐漸走遠，我拿著那支點燃的香菸，快步走出派對現場。

我和這些酒肉朋友交情都不是太深，因此，他當然不知道我有沒有菸癮，而我下意識也隱瞞了不抽菸的事實，彷彿這麼做，就能讓自己更像典型不良少女。

一離開派對，我大口呼吸了一下室外的新鮮空氣，習慣了剛才那種充斥著二手菸味的空間，自然空氣甚至純淨得有些不自然。

踩熄香菸，一抬頭，我便看見凌空出現在巷口。

他新奇地顧盼著四周，小心翼翼地停靠好摩托車，最後朝我走來。

「嘿！快凌晨兩點了，妳要回家了嗎？」他咧嘴一笑，唇角那勾人的弧度配上好看的蘋果肌，這笑容自帶感染力，彷彿就連簡單的一個微笑也提醒著眾人，他是改恩高中的校草。

那張高調的俊容很快便引來一旁不少改恩同校生的注意，他們一定都知道他是誰。

「你來這裡做什麼？你怎麼會知道我在這？」

「我問禾雅的，她說妳今天來參加朋友的生日派對，沒想到竟然會到這麼晚。」

聽到這裡，我實在忍不住在心裡對我那位親愛的好友咒罵了幾聲。

「你還沒要回家嗎？已經很晚了欸，我可以騎摩托車載妳回去。」

「不用，我要先進去派對現場了，你快點走。」自從凌空在一個星期前以陌生人的身分和我表白後，他總是能發揮驚人的追蹤能力，掌控我的行蹤。

在我轉身準備離去那刻，他帶些手勁地抓住我。

「妳每天都和那些人混在一起啊？」

「我和他們是同一種人，你想追我前就應該要知道這點。」

他無奈地勾起唇角，「不過感覺你們不太一樣，妳比我想像中的冷漠多了。」

「不然你想像中的我是什麼樣？」我當然知道，他一定以為是像綠茶婊一樣水性楊花，充滿肢體接觸。

因為這才符合我在學校的風評。

「這樣。」凌空在我耳畔呼出兩個字，他幾乎貼到我身旁。

「嗯？」我昂起頭，望入他迷濛的雙眸。

他摟住我的腰際，俯身至不到一吋的距離。

我能感受到他高挺的鼻樑搔弄著我的鼻尖，呼出的氣息溫熱得輕輕顫起寒毛。

悄悄瞥了眼一旁剛才那群穿著改恩制服的學生，他們大部分被嚇著了，少數人則一臉充滿興致地看著我們，吹幾聲口哨起鬨著。

我明白這是很詭異的事，我們不是情侶，但我們卻沒有朋友的界線，因為面對他的肢體接觸，我拒絕了數次依然沒有用，凌空總會出奇不意貼上來，而我本身並不是那麼在乎這種關係。

「裴祝娜！妳可不可以不要再這麼隨便了？」

一道尖嗓如同抽象的力道從我面前將凌空向後推開，他轉而和我保持一小段距離，我仍不動於衷，冷冷望著聲音的主人。

是一位我沒見過的女孩，但她也穿著改恩高中的制服，衣角紮得整整齊齊，就和凌空一樣。

「你們明明就沒有在交往，妳可不可以不要再和他們這樣亂貼在一起了？」女孩睜著大眼，那雙眸中完完全全只有妒意，很顯然是凌空的小粉絲。

「妳看清楚了嗎？到底是誰貼誰？不要追不到他就含血噴人。」我向前跨了一步，居高臨下傲視她。

女孩的神清有一絲動搖，微微後退了一小步，「妳、妳……反正一定是妳先勾引的！妳就是仗著自己長得漂亮，到處勾引男生，就像妳之前破壞關馳赫和樓怡煦，人家明明開始交往了，妳還硬要糾纏關馳赫，害樓怡煦最後才——啊啊——」

她的無稽之談被驚恐的尖叫聲所取代，嬌小身軀被我猛然一踹，牢牢銬在牆邊動彈不得。

距離她僅有兩吋的距離，我對她厲聲嘶吼道：「妳再給我說一次！」

「對、對不起……我、我不敢了……不要打我……」

「妳要是再敢在我面前提到他們，我會讓妳沒辦法再開口說話！」

「我不會了！真的！對、對不起……」她緊閉雙眼，面容因恐懼而扭曲。

「滾！」我用力擰住她的衣襟，最後鬆開，只見她連滾帶爬地逃離現場，顧不得自己在心儀對象面前出糗。

我瞥了眼凌空，他已吃驚到失去闔上嘴的能力，怔怔地望著我。

「怎麼？你很驚訝嗎？我也說過了，我和那群人是同一種人，會怕的話就快走吧，少來煩我。」

這下我連回去參加派對的心情都沒了，隨手順了順長髮，揚長而去。

走在小巷中，我撥了通電話給蔣禾雅，低聲說：「喂？學號610239，幫我處理一下。」

「又是哪個倒楣鬼惹到妳了？」對方冷笑了一聲，「好啦，我辦事，妳放心。」

「嗯，掰囉。」我掛斷電話，雙手握拳。

只能怪剛才的女孩太天真，發揮無用的膽識羞辱我。

*

最後，凌空還是發揮驚人的韌性，堅持載我一程。

摩托車停在一幢高級大樓門口，裝潢充滿歐洲中世紀的奢華風格，這座大樓社區的房價在這附近的天價地段是頂尖。

穿越充滿裝置藝術和高級植株的前庭，我推開大廳的金色大門。

「祝娜，妳來了啊？妳去沙發坐著等我一下，我先簽退。」穿著整齊制服的警衛笑容可掬地說，他的白色襯衫上別著的名牌刻著「裴桓」。

「好，爸，你慢慢來。」我選了最柔軟的沙發坐下，打開手機隨意瀏覽社群。

「今天怎麼又出去玩到那麼晚？盡量別超過十二點才回來。」

「今天是有朋友生日，所以比較晚。」

「那就好，那妳之後就要早點回家了，別在外面逗留到那麼晚。」爸爸開始收拾背包，並脫下黑色西裝外套。

我爸爸是這座高級社區大樓的保全警衛，因為年資頗深，才能有權選擇不值晚班，自從他和媽媽離婚後，我們就靠著他這份微薄的收入加減過日子。

我沒有回應他，畢竟，那條件對我而言並不是件容易的事。

「祝娜，剛才外面那位載妳回來、長得不錯的傢伙是妳男朋友？」

「不是。」

爸爸先是鬆了口氣，很快又皺起眉頭，嘮叨著：「不是的話就不要給男生載，這樣不安全，妳不要太早和別人——」

「爸！我知道啦！」我瞥了一眼他身旁的另一個警衛，實在受不了這種尷尬的訓話。

「早知道別讓妳讀改恩高中了，怎麼一上高中就學壞得越來越嚴重了，還有妳這個金髮，什麼時候要染回來？這麼年輕就染髮對身體非常不好。」

我嘆了一口氣，跟他說過多少次，這不是金髮，是「奶茶金」。

「還有，妳現在也才高中而已，妝別化那麼濃，像被揍到瘀血一樣，一點也不好看，妳知道我上次聽到鄰居的妹妹說，妳這樣叫做『八加九妹』，這不是一個褒義詞吧？」

我默默翻了個白眼，在男生眼中，塗抹了唇膏就是濃妝，在國中小妹妹眼中，染髮就是八加九。

所幸，警鈴刺耳的聲響阻斷了他的碎念。

不過，我沒聽錯嗎……警鈴？

我疑惑地望著他，這個警報聲……是正常的嗎？

爸爸機警地放下手中的外套和公事包，快速回到櫃台查看狀況，並急切地說：「是B棟九樓的消防栓！阿傑，你顧著大廳櫃台，我去幫你看看情況。」

只見另一名警衛匆匆點頭，有些驚慌失措，仍不斷顧盼著B棟大樓。

爸爸迅速回頭，對著我說：「祝娜，我可能要去檢查一下那邊的狀況，妳先在這裡等我。」

「我跟你去！」

*

一路上，我也警戒地看著B棟九樓的方向，在這種社區大樓，發生火警是十分危險的事，然而，到目前為止，建築並沒有竄出煙霧的跡象，社區也還是一樣靜謐，如同往常般安寧祥和。

這座豪宅社區住了許多來頭不小的大人物，住戶職業從政治家、醫生、演藝圈藝人到企業家都有，因此格外注重隱私，一樓層只有一個住戶。

還沒抵達九樓的消防栓，我便先聽見刻意壓低的談話聲，貌似爭吵，卻又有幾分曖昧意味。

「爸！等等……」我用氣音阻止他前進，並下意識將他拉到身後。

我在他一臉錯愕地想開口前示意他安靜，並將注意力放到爭吵的主角身上。

「小聲一點！就叫你不要那麼緊張！剛才撞到警鈴，不知道警衛會不會上來檢查，所以你還是快點回去吧！」

我認得那個嬌柔的女聲，她是家喻戶曉，紅遍兩個世代的歌后兼演員——簡甯，我以前也曾在這棟大樓見過她，沒想到B棟九樓的屋主竟然就是她。

如此近距離端詳天后的神顏，說實在讓人有些振奮。

「好嘛！親愛的，對不起，我真的太緊張了……」

她身旁的男人溫柔的哄著，並捧起她精緻的臉龐，又是親吻又是撒嬌。

這情景讓我的手臂顫起了一片雞皮疙瘩，姑且不論胃裡的宵夜翻騰著想衝出食道——

那個男人不是簡甯的丈夫！

簡甯的丈夫是著名的企業大佬「白煥」，和我母親的家族有過緊密的合作，股票投資是出了名的精準，在金融業擁有一席之地。

但他們倆又親又抱的……怎麼騙也不會有人相信這是純友誼。

「哎呦！真是的！你快點下樓吧！等等被看到真的會完蛋！」簡甯儘管這麼說，語氣卻依然充滿嬌羞和依戀。

「那我們等等電話繼續說吧，下次來我家好了，你們這棟大樓保全真的夠森嚴的！」

「好好好！快走，掰囉！」

又是一陣肉麻的嘴唇吮吸聲，這次我再也忍不住了，非常反射性地發出乾嘔。

我看見爸爸驚恐的神情，好險，電梯門敞開的聲響掩蓋過了一切。

「晨邕！今天這麼早回來？你不是去K書中心晚自習嗎？」簡甯語帶驚慌，不過很快便恢復鎮定。

「其實也不早了，已經十點多了。」一道低沉而充滿魅力的男嗓在廊道迴盪著。

我再度探頭，看見了一個熟悉的身影。

白晨邕，我們都是改恩高中的學生，儘管不同班，也從來沒有過任何交集，但我當然認得他，畢竟他父母出現在電視頭版的頻率極高，擁有這樣特別的家世背景，再加上他的穿搭時髦，自然被當成全校性八卦來傳。

「啊這樣啊……真是的！看看我，竟然沒注意到時間……」簡甯尷尬地笑了笑，隨意瞥了眼手錶。

我看過那支鑲滿真鑽的名錶，是她丈夫白煥送的結婚紀念日禮物，當時還被媒體炒作了一番，說什麼甜蜜幸福之類的，羨煞眾人。

白晨邕微微蹙著眉，淡淡地說：「媽，爸在家裡面吧？妳怎麼會把這個男人帶回來？我真的不想看見爸爸發現這件事的反應。」

一旁的中年男子一臉困窘，無聲乾笑著。我這才注意到，白晨邕從剛剛到現在都沒有正眼瞧過他，而他很顯然對於這個場面一點也不感到意外。

「我說你，別那麼沒禮貌，你快進屋吧！別插手媽媽的事。」

他看上去欲言又止，不過，最後依然不發一語，轉身用鑰匙轉動門鎖。

天知道，我放在口袋裡的手機竟然在此時發出震動。

真的、真的、真的，大事不妙。

我能感受到所有人一致將目光集中到我身上，我迅速按掉鈴響，連來電者是誰都沒心情注意。真該死，這下好了，偷聽被發現，還是在別人家門口。

「非常抱歉！我是這裡的警衛，上來查看剛才的警鈴，我們什麼都沒聽到也沒看到！真的！請您別介意！」爸爸趕忙衝上前解釋，一臉驚慌，甚至不知在比手畫腳著什麼。

聽見這段話，我差點沒昏倒。

該說他太單純、太敦厚還是太傻？

他這擺明是在說：你們這麼不堪的外遇偷情全部都被我們看得一清二楚！

而簡甯的臉色更是難看至極，她美麗的臉龐交雜著錯愕、驚恐、擔心、憤怒和羞恥，我彷彿真實見識到漫畫中那種眉毛抽搐的畫面。

她快速整頓好表情，踩著高跟鞋，傲慢跨步向前，眼神銳利地瞪著爸爸，語帶脅迫地開口：「我警告你，你敢說出任何一個字，我會動用所有關係讓你好過！」

「不會的！不會的！我絕對會當作沒看見！真的非常抱歉！」

有股莫名的火在我心中燃燒著，雖然我們不該偷窺住戶的隱私，但難道他們公開外遇就沒有錯嗎？憑什麼得低聲下氣認錯？還平白無故被這般破口大罵。

接下來的對話我一個字也無心多聽，我就是有這樣的缺點，說難聽點，就是高傲了些，無法低頭。

因此，我拉了拉爸爸的衣角，示意他不用再低聲下氣地賠罪。

但他當然沒有理我，仍舊低姿態的賠罪，倒是一旁準備進屋的白晨邕，他盯著我的眼神儘管不帶明顯情緒，我卻隱約看得出一絲令人無法捉摸的銳利。

一直到回到家，爸爸看上去都擔憂不已，我很少看見他為一件事如此憂心，以往，就算是他和媽媽離婚這等顛覆未來的大事，他也總是維持一貫敦厚老實的模樣，不會將情緒輕易表現出來，一向都是自己默默承受。

到了隔天中午，我才終於明白他為什麼如此反常。

*

因為是周末，我並沒有出門，而是在家裡睡到自然醒。

一邊吃著大蒜味洋芋片，用嗆味醒腦，一邊窩在棉被堆裡掙扎，我終於決定脫離溫暖的被窩，準備下床。

通常這個時間，我如果沒有和朋友出去放風，就會準備出門買早午餐。

然而，當我換上外出服，到客廳穿上大衣時，忽然看見沙發上專注盯著筆記型電腦的爸爸。

面對這第一次出現的場景，我先是歪頭思索了一會兒，才意識到這是多麼罕見的奇景。

「爸！你不用上班嗎？」我父親從來沒有請過假，如此認真的他可是每年都拿到公司的全勤獎金。

他抬起頭，啜飲了一口熱茶，撓撓後腦勺，苦笑道：「早上接到主管的電話，我被開除了。」

「什麼？」

我遲遲無法閉上因為驚訝而張大的嘴，論裁員，他絕對是最後一個人選，資歷最深，上班最認真，個性最老實，不請假又待人真摯，上司一直都很喜歡他，加上長相是斯文又俊俏的魅力大叔類型，男女主管通殺。

「其實我昨天就有預料到了，看到那種禁忌的外遇場面，像簡甯那種人脈廣闊的大明星，一定會想辦法動用關係把我炒魷魚，好當作警告，身為一個藝人，出了任何一點差錯都足以毀了星途。」

難怪他從昨晚便憂心忡忡，因為這麼一來，我們家唯一的金源就突然斷了，平時就很難存到積蓄，而他那樣學歷只有高中畢業的中年失業者，又怎麼比得上碩士高學歷又年輕力壯的社會新鮮人？

「妳也別太擔心，我已經開始在投履歷找新工作了，應該很快就會接到面試通知的！」爸爸的愁容擠出一絲微笑，看上去反而更令人不捨。

我就算成績再差、智商再低，也知道，中年失業者有多難在失業率不斷攀升的社會找到工作，尤其，爺爺奶奶從小就是農家，爸爸高中畢業後並沒有足夠的金費繼續升學。

抱著一份黯淡的履歷，他必定也知道情況不樂觀。

「祝娜，妳不用那麼嚴肅啦，只是最近可能要節省開銷了，妳得少出去和朋友到處吃喝玩樂，畢竟，房租和汽車貸款都還沒繳完。」他嘆了口氣，又自責地說：「唉，都怪我，應該別那麼早買車的，搞到現在沒有儲蓄……」

「如果……先和媽媽說一聲的話，說不定還能應急？」媽媽娘家那頭倒是天壤之別，金錢從來不是她需要煩惱的事。

「絕對不行！她現在都有自己的家庭了！祝娜，雖然很對不起妳，但妳應該也知道，我不會再和妳母親有交集。」

他難得如此激動，我不禁噤聲。

我默默低下頭，一切都是我的錯……都是我硬拉爸爸停下來偷聽……

想到這，濃厚的憤怒取代了自責，如果找個人歸咎責任會比較好過，那簡甯絕對是罪魁禍首！

憑什麼她就能仗勢欺人？我從來沒想過，鎂光燈為她掩飾了如此龐大的醜聞，像她那樣光鮮亮麗，螢幕形象高貴的女歌手，竟然有這般險惡的一面。

如果簡甯的廣大粉絲知道她不僅外遇，甚至欺人太甚，一定會照三餐後悔自己膜拜著一個糟糕透頂的人吧？

如今我最懊惱的，不是拉著爸爸偷看他們的偷情現場，而是沒有拍下珍貴的影像好賣給雜誌！她最近即將回歸，這種大新聞必定會使她的聲勢一落千丈！

不過，事到如今，現在能做的也只有先填飽肚子，才有力氣思考如何報仇。

＊

一路晃到平時最常光顧的鹹酥雞店，我一口氣點了所有中意的品項，試圖用美食淹沒愁緒，至少能短暫沉浸於味蕾的滿足。

看著鹹酥雞、薯條、米血、豆皮、滷蛋、海帶、魚板、大豆干、小豆干、黑輪、熱狗、年糕充實地擠在鐵盤內，我心滿意足地將戰利品交給老闆。

「總共三百二十元喔！謝謝您的光顧。」

聽見這個數字，我瞬間感受到空氣凝結在不祥的氣氛中，我等等還要買八十五元的拉麵當午餐，這鹹酥雞只是點心，而我現在，是窮人呢……

我深吸了一口氣，擠出微笑，頂多晚餐空腹。

然而，拉開錢包那刻，才是真正的噩耗。

由於早上太過震驚，無心顧慮其他事，我這才想起爸爸今天還沒給我這星期的生活費……

我怔怔地瞪著只有兩個銅板的皮夾，心裡是那般希望，時間能和我僵住的身子一起暫停。

「不好意思，小姐，您的餐點是三百二十元喔。」店員又重複了一次，並不安地望著我身後逐漸變長的隊伍。

「喔……抱歉，稍等我一下。」我下意識假裝在翻找錢包，完全無法接受自己即將出糗的事實。

「好的。」店員笑得勉強，我能感受到排隊的人潮有多長。

「啊，真不好意思，我拿錯錢包了，我先回車上拿。」

為了面子，我甚至假裝自己會開車，打算就這麼一走了之，然而，驚慌之際，學生證從我的錢包中滑了出來。

「二」年二班，四個字印得工工整整，第一個字還特別刺眼。

我深吸了一口氣，不敢看店員的反應，強裝鎮定，卻一個字也說不出口。

店員面有難色，跟著我一起尷尬。我攢緊雙拳，準備迎接隨時都可能爆裂開來的難堪。

「喏，妳的錢包沒拿下車。」

我欣喜地轉身，一切竟然配合我的荒唐劇本發展下去了。

看見來者的那刻，我的笑容又瞬間垮下。

白晨邕，害我淪落至此的兇手！

「喔……真是謝謝喔……」這幾個字幾乎是從齒縫迸出。

我接過這個陌生的黑色皮夾，毫不羞澀地掏出四張紙鈔給店員。

「謝謝，請問要什麼口味？」

「九層塔。」

「好的，找您八十元。」

我低著頭移動到一旁的空位，完全無地自容，甚至無心拿找回的零錢。

「不好意思，您是她男友嗎？這是找的錢。」店員把錢的給白晨邕時，甚至露出一副原來如此的曖昧壞笑。

「謝謝。」

我面無表情地望著他，把錢包塞回他手裡。

實在不知道要問他怎麼知道我沒錢、為什麼要幫我，還是我們認識嗎？因此，我選擇沉默。

而他彷彿能讀心般，逕自回答：「排隊隊伍很長，妳在前面磨蹭了很久，實在看不下去妳這樣丟改恩高中的臉面。」

不可思議……

我怎麼會愚昧到認為自己應該多少要懷抱著感恩的心？

「你還敢說？都是你母親把我父親開除了！你們一家人都這麼討厭的嗎？對她來說，這可能只是不痛不癢的小事，但是，對我們而言——」我嘆了口氣，就算解釋了，他這種富家子弟也不會明白。「算了，總之，你們真的是無恥又邪惡！」

白晨邕沒有表現出我預期的反應，沒有被激怒，當然也不會有羞愧，反而面不改色地盯著我，他總讓人摸不透情緒。

而這尤其讓我感到憤怒，彷彿我說的話，他一個字也沒聽進去。

「錢不用還了。」他淡淡地說。

真是……雞同鴨講。

這種冷漠的行徑，不知是不是錯覺，竟然帶有羞辱意味，就如同，他把我打成重傷，然後再賞賜我錢去買藥。

「我本來就不打算還你了。」我怒瞪著他，一把提起鹹酥雞，憤而離去。

既然簡甯的兒子也和她一樣不討喜，如今一切跡象都指示我將怒氣出在白晨邕身上。

第二章　毀滅的片頭曲

星期一一早，我到校的第一件事，就是直奔美術教室，備妥壓克力顏料。

我準備了黑色和紅色的顏料，前去和凌空見面。

「祝娜？所以妳怎麼會約我一早見面？這是妳第一次主動找我——」凌空的目光停駐在我手上的顏料和莫名的塑膠袋，挑起眉，「妳要做什麼？」

「你是籃球隊的吧？可以帶我進去你們的休息室嗎？」

「當然。」他的眸中充滿笑意，再次露出觀察動物般的神情。

籃球隊的休息室十分寬敞，每位隊員都擁有自己的專屬置物櫃。

「白晨邕的置物櫃是哪一個？」

「白晨邕？找他要做什麼？」儘管這麼問，凌空依然指了指隔壁行最上排的其中一個白色櫃子。「他是籃球社而不是籃球隊的，所以置物櫃和我們不同行列。」

「你看著吧，等等就知道了。」

我動手開始擠顏料，木櫃白色的漆料更容易上色，因此隨便揮了幾下，我豪不費力就完成了曠世巨作。

只見他的櫃子外層寫滿了髒話和咒罵，我就是尊崇漢摩拉比法典的以牙還牙精神，儘管我認為自己還比較吃虧一點。

「祝娜？妳瘋了嗎？」凌空仰天大笑，「雖然和他打過很多次籃球，也算是熟識了，但我真的也看他不爽滿久了！架子擺得有夠高，不知道在傲慢什麼的。」

我滿意地拍了拍手，「那你要不要也寫一點？他這個人果然很差勁，連你都討厭他。」

「妳都寫滿了！」他沒好氣地笑了笑，隨手拿起一旁的籃球投框。

當然，只破壞置物櫃表層實在沒有任何殺傷力，我打開木櫃，裡頭擺著一些雜物和籃球鞋，我從塑膠袋中拿出大蒜和醃漬了兩天的廚餘，隨意扔在櫃中，最後滿足地關上門。

希望他下次打開置物櫃時，這些味道能把他嗆昏。

*

回到教室，這是我第一次這麼早到校，教室同學寥寥無幾。

「祝娜！妳竟然那麼早來？所以剛才她們說的都是真的囉？」蔣禾雅，一個有著亞麻綠捲髮的女孩，不知是在自言自語還是和我說話。

「誰？妳在說什麼？」我在她身旁的位置坐下，她是我唯一知心的朋友，個性總是大喇喇又豪放爽朗，曾因為打工而休學過一年，比同齡都年長一歲。

「剛才我進教室的時候，班上有一群女生說，妳在左校區跌進水池了！我原本還不怎麼相信，畢竟這個時間，妳應該根本還沒起床才對。」

我眨眨眼，靜靜地問：「妳瞧我這個樣子，看起來像是從水池裡爬起來過嗎？我怎麼可能做那麼蠢的事？」

「唉，真是可惜了，她們還說，白晨邕在一旁把外套給了妳，直呼很羨慕之類的。」禾雅一臉不屑地說，她一直都很欣賞白晨邕，最看不慣的就是那群小粉絲的花痴行為，「不過我也真的挺羨慕的。」

「嘖，像妳這種犯過所有校規的人怎麼會喜歡他那種看起來有夠無趣又乖乖傻傻的人？」

「誰說我喜歡他了？純粹視覺欣賞，懂嗎？」她特意加重語氣，然而卻隨即恢復嚴肅，「我還不知道什麼時候會想再靠近男人。」

我保持靜默，繃著表情。

也許就是同病相憐才會特別合得來，我們都為了一個人麻痺了心。

但在愛情觀這方面，我和禾雅有著完全不同的見解，她選擇不再靠近，徹底斷除會悲痛的可能，我則沉溺於男人之中，試圖用嶄新的記憶淹沒傷痛。

「所以那個人是裴妮淵囉？不是妳？」她撇開話題。

我扯了扯嘴角，並點點頭。

會這麼傻，又被誤認成是我的，只會有一個人，那就是我的雙胞胎姐姐裴妮淵。

妮淵在我父母離婚時被分配到和媽媽一起住，因此我們從八歲後就很少見面。

但我自己也明白，我倆的外貌的確是一模一樣，無論身高、體重、每一個五官之間的距離，甚至是聲音，都無從辨別，要不是我染髮又化了濃妝，絕對分不出誰是誰。

倒是有一個天壤之別的特點，那就是個性和氣質這方面的內涵，她是眾人口中的標準傻白甜，還是音樂才女，成績也一直都是全校前十名，性格嬌羞又沒膽識。

「說到白晨邕，妳聽說了嗎？他的置物櫃被某個王八蛋塗得亂七八糟，裡面還被放了非常噁心的垃圾和廚餘，據說整個籃球休息室都在發臭，而他那雙要價上萬的球鞋也染到了臭味，簡直慘不忍睹。」禾雅壓抑著滿腔怒火，嗓門仍大到一旁的同學都嚇得顫抖了一下。「真是太過分了，可惜我不是他的愛慕者，否則，老娘一定幫他討回公道！」

「消息傳得那麼快？」徹底出乎我的意料，原本還預計臭味能薰久一點的。

「妳怎麼會知道？妳不是剛到教室嗎？誰告訴妳的？」

「是我做的啊，不然妳以為我怎麼會這麼早起床？」我面不改色地回答，心中有些暢快。

「什麼？」禾雅拍了下桌子，發出轟然巨響，這情景反而更激起我報仇的快感，「是妳？為、為什麼要……我怎麼不知道妳認識他？」

我毫不在乎地聳聳肩，餘光也瞄見一旁的其他女同學，在聽見消息後紛紛震驚地交頭接耳。

第一次如此冀望那些八卦傳播的速度能快些，最好讓白晨邕也知道，兇手就是我，我家雖然窮困，但也絕對不是能被權貴無辜欺負的。

「算了，這件事晚點再說，那妳會去看明天的籃球友誼賽吧？是籃球隊和籃球社聯合舉辦的分組賽，幾乎所有球員都是校隊的菁英。」禾雅為了避免一旁的的八卦女生們繼續偷聽，很快轉移了話題，她總是能在許多層面透露出自己隱藏著的細心。

「當然不會啊，我為什麼要去？」

「籃球隊耶！凌空也有參賽啊！我上次答應他要說服妳去觀賞比賽了，我可是還收了他一頓吃到飽晚餐的費用！」

我嘆了口氣，「妳……妳怎麼又擅自做這種事了？」

「好嘛？就當救救我，我可沒錢還他啊……」

我瞇起眼，考慮片刻後，無奈地答道：「那好吧。」

*

因此，隔天放學，我被迫和成群女粉絲一起擠在場邊。

正逢霸王寒流，氣溫驟降，嚴風慘切，寒氣凜冽，低溫凌風呼嘯，侵肌透骨，空氣彷彿也冷澀著冰涼，連呼吸都能被低溫嗆著。

我不斷抓著禾雅相對溫暖的手發抖著，實在懷疑自己為什麼要自虐，答應這樁苦差事。

不過，看看場邊的球員，我心中不禁安慰了點，在這不到十度的寒流低溫之下，他們依然咬緊牙根，穿著無袖球衣。

A隊身著深藍色球衣，據說凌空是主將，他一個人的花痴迷妹就佔了將近四分之一的觀眾席。而B隊則是紫色球衣，說實在，那套衣服很難看。

又或者該說是，穿在白晨邕身上很難看。

常聽人說愛屋及烏，我此刻深切體會到它的相反詞。

「那位染金色頭髮的學長是我們老大，A隊大部分的分數都是他拿到的，妳等等要仔細看比賽——」

聽到這兒，我不禁嗤之以鼻，原來白晨邕也不過爾爾，分數都是隊員得到的。

「妳記得他吧？那個闕馳赫。」禾雅非常自豪地介紹著，每次說到她心目中的老大，她總會流露罕見的崇拜。下一秒，她猛然摀住嘴：「啊，對不起……當我沒說！抱歉啊，祝娜，我不是故意的……」

我聳聳肩，就算她沒提到，我也當然看得見，闕馳赫就在場上。

凝望著那頭漂白過的淡金髮、叛逆的氣質、氣勢磅礴的步伐和全身結實的肌肉，有股憤恨交織著苦澀在心中冉冉而升。

「欸，比賽開始了，記得專心看，我可是還得跟凌空交代的。」

禾雅的提醒很快便被全場沸騰的尖叫聲淹沒，我面無表情地瞪著一切，努力將自己和那些粉絲們區隔為不同類的女孩。然而，不得不承認，在這熱烈的氣氛當中，我很難不注意場上的賽事。

球場上唯二沒讓我臉盲的，只有關馳赫和凌空，我甚至沒看見白晨邕的身影。

我戳了戳專注觀賽的禾雅，好奇問道：「白晨邕在哪？應該不會是我眼花沒看見吧？」

「他不在場上，他好像通常只上兩、三場比賽，而且他不是校隊，平常也不會和籃球隊一起出去比賽。」

「什麼嘛……原來是候補，他也沒多厲害嘛。」我不屑地微微笑，對於鄙視他感到渾身舒暢。

「不對！他不是候補！」她不滿地瞪了我一眼，嚴肅的糾正：「白晨邕的球技可是很高超的！只是……我也不太清楚為什麼他都沒有上場。」

「那就只有一個可能性，這證明別人比他更厲害。」我篤定地說：「不然就是，被我『處理』過的籃球鞋太臭，他沒辦法上場。」

如果是如此，那我一定會開心個一整天。

第一局結束，目前比數是四比七，A組暫時領先，我將目光停留在B組的場邊，迫不及待想瞧瞧，面對分數落後，白晨邕會有多落魄。

只見他和教練不知正探討著什麼，兩人口氣都略為不滿，神色更是嚴肅，而一旁的關馳赫也加入對話，他一來，教練的態度明顯轉為讓步。

最後，教練聳聳肩，手指比了比球場，無奈轉身回到裁判席，而白晨邕則露出難得的小幅度微笑，簡短道謝。

對於這默劇般的線索，我看得一頭霧水。很快的，白晨邕脫下外套，與其他隊員一起上場，而他腳下那雙球鞋……竟是另一款名牌……

也對，像他們家那種揮金如土的富豪，應該有好幾雙籃球鞋吧？

第二局吹哨，兩隊人馬陷入激戰，球很快便落到白晨邕手上。不得不承認，他的運球技術的確十分俐落而熟練，把守著他的敵方耍得團團轉。下一秒，籃球穿過凌空的跨下，安穩地傳給了守在籃下側邊等候的關馳赫手上，他憑藉身高優勢，輕輕一拋就將球「放」進了籃框。

我不禁擰眉，白晨邕的專長是羞辱別人嗎？凌空以及他的廣大支持者此刻必定恨不得掐死他。

由目前的局勢能約略判斷，他的定位偏向助攻，很顯然，B組的傳球和路線在這局賽事順暢了許多，比數也不過短短幾分鐘便巧妙反轉。

然而，白晨邕看上去卻有些不尋常，他偶爾會停下動作，進行像是深呼吸的動作，明顯比其他隊員喘了幾分，這舉動在迅速穿梭的球員中顯得十分醒目，一旁的教練面色也逐漸凝重。

他再次拿到球，這回是敏捷的帶球上籃，他繞過許多阻礙，無論是假動作或是運球，都惹得一堆人驚呼連連，最後，縱身一躍，帥氣地將球以絲毫不偏差的角度，精準地投入籃框。

他落地的那刻，觀眾席爆發一陣騷動。

本該是全場歡騰的場面，氣氛卻突然變得不尋常。

所有紫色球衣的球員見狀，都立刻圍了上前，各種驚恐的尖叫聲取代崇拜的歡呼聲，我迅速踮起腳尖，試圖看清楚前方的混亂。

透過人影間的縫隙，我看見白晨邕因痛苦而扭曲的臉龐，他的眉宇間緊皺著，唇瓣抿成一直線，跌坐在地面，不斷喘息，看上去像即將休克般駭人。

我的心中一瞬間被震驚和錯愕填滿，禾雅也緊張得揪著我的手臂，她在我耳邊驚慌地嚷嚷著些什麼，可我一個字也沒仔細聽。

「吸入劑！快去拿！到底在磨蹭什麼？」闞馳赫對著場外一群手忙腳亂的人怒吼道，他緊緊扶住白晨邕，滿臉自責和憤怒。

感受到他的急迫，更證明了情況並不樂觀。

而隨著時間一分一秒飛逝，白晨邕冷汗直冒，面目猙獰，就連旁觀者都能感受到他的痛苦，場面仍維持在一樣的混亂，我心中不祥的預感逐漸增烈。

「沒人去救他嗎？」我轉身問禾雅。就算我討厭他，但這狀況看起來可是會出人命的啊！

「我也不知道！妳等等，我去前面看一下狀況！」她快步跑上前，兇惡的面目使她輕易擠入人群中。

而闞馳赫此時更是焦躁地站起身，朝場邊飛快跑去，向人群怒吼：「到底在搞什麼？東西呢？」

「不見了！我們找了好久都沒找到，要怎麼辦？」一位胸前掛著工作證，像是球經的女孩驚慌失措地回答，眼淚彷彿隨時會落下。

關馳赫咒罵了一串髒話並發號施令：「快叫救護車啊！快點！」

此刻白晨邕甚至已經昏了過去，他不再是痛苦地喘息，雙眼闔上，一動也不動，那安詳的面容讓人更加憂心。

我的心臟瘋狂顫動，額間甚至冒出了冷汗。

他應該不會有事吧？

「現在發生什麼事了？怎麼會這樣？」

聽見一旁其他女同學的討論聲，我趕緊豎耳傾聽。

「好像是因為寒流，氣溫太低，白晨邕才會突然氣喘發作，這可怎麼辦啊？救護車怎麼還不來？真的太可怕了……他不會死掉吧？」

「什麼？氣喘？不是有吸入劑可以應急嗎？他應該會隨身攜帶吧？以前從來沒出事過啊！」

「可是剛才他們所有人去置物櫃翻找都沒有找到吸入劑，我朋友是球經，她說白晨邕以前一直都會把吸入劑放在置物櫃，以防萬一，以前也曾經有過因為練習得太激烈氣喘發作的經驗，但噴完藥劑就好多了，這次不知道為什麼會找不到。」

「置物櫃？」其中一個留著米粉捲髮的女孩猛然轉身看向我，突然伸起食指指著我，大喊：「欸！妳是裴祝娜吧？」

突然成為她們談話的主題，我錯愕地瞪著她。

「妳昨天去破壞白晨邕的置物櫃吧？」她瞇起眼，如同打量罪犯般語帶脅迫。

我挑起右眉，冷冷回應：「那又怎樣？」

「雖然不知道怎麼會有人討厭白晨邕，但是妳會不會太過分了？為什麼要偷東西？還是偷這麼重要的東西！」

「妳到底在說什麼？我偷了什麼？」我不可置信地反駁，對於這一派胡言不知該感到驚奇還是憤怒。

「這幾天就只有妳動過白晨邕的置物櫃，而且妳還和他有仇，不是妳的話，妳告訴我兇手是誰啊？」她昂起下顎，言詞無法無天。

「對欸！裴祝娜！沒想到妳除了介入別人的感情，心地還這麼險惡，妳知不知道白晨邕可能會有性命危險？這是很嚴重的大事欸，妳這樣是殺人未遂——不對，還有可能是殺人罪！」

「妳該不會是這回想要高攀他，被拒絕就反目成仇吧？真是太恐怖了！」

面對太多不實指控，我的腦袋一瞬間被荒唐奪走了運轉能力，儘管委屈使我有些無力，我仍強裝著鎮定說：「妳們夠了吧？我從來沒有拿過他的東西，根本不知道氣喘的吸入劑長什麼樣子。」

此時，禾雅跨步朝我們這個方向走來，她眉頭擰得很深，彷彿嗅到了這兒的不對勁。

「妳們現在是在鬧什麼？」她跨步站到我面前，那一吼，方圓五公尺內的人全噤聲。

禾雅的兇悍是眾所皆知的，她混的可是關馳赫的團，沒有人敢隨便招惹。

我這才意識到周遭有多少人將目光從場上轉移到我們身上，每一道視線都聚焦在我身上，每一張嘴都議論紛紛著不實的指控。理智告訴我，離開才是最明智的選擇，免得把事情鬧大，屆時有理也說不清。

不過，我並沒有理智。

因此，事情真的鬧大了。

有時候，別人要如何弱化自己的智商、挑戰荒唐的極限，我怎麼也管不著。

因此，世態很自然地就演變成：和白晨邕有仇＋破壞他的置物櫃＋八加九妹＝嫌疑犯。

儘管荒唐，但真有人相信了，而且還是大部分人。

原本名聲就因為關馳赫而殘破不堪，如今罪加一等，簡直人人唾棄。

＊

白晨邕送醫後進行了急救，雖然差點因為休克過久而急救無效，但所幸最終仍撿回一條命，他父母從此禁止他參加校內所有體育賽事，也必須持續服用治療藥物，艱難的處境看似令人同情，但這和我的遭遇比起來都顯得微不足道，我因為他，如今變成全校公敵。

就拿其中幾件小事來做舉例。

我教室的置物櫃也遭遇了相同的手段，被噴漆寫了許多難看的字眼，課本也充滿塗鴉和髒汙。以往別人因為畏懼我而只能憋著怨恨，在背後指指點點，如今他們團結起來，膽識也漸漸大了。

師長更是頻頻找我去問話，不斷要我承認自己沒做的事，好向家長道歉。

據說學校將這件事壓了下來，「堂堂簡甯的兒子氣喘發作差點喪命」，如此震撼的新聞標題，如果洩漏風聲，記者一定會死命報導。

我倒是不太在乎這些小動作，畢竟我的風評原本就不佳，也不介意師長如何評價我，更不會去翻那些課本和講義，他們這麼做還算是幫助我讓那些書在學期末被回收前變得有點意義。

做這些無聊小事的人想必都是簡甯的粉絲，或是想討好白晨邕的蠢女孩們，總之，他們家的勢力龐大，見我對惡作劇無動於衷，逐漸變本加厲。

我獨自前往學校附近的百貨公司，關馳赫的生日即將到來，儘管心中對他的怨恨占了不小的比例，我卻怎麼也藏不住對他的喜歡，這種又愛又恨的行為，就算知道很傻，我也沒轍。

關馳赫雖然愛打架又不讀書，但他一直很喜歡也很擅長打籃球，我從幾個月前就關注好百貨公司裡的精品店，今天會開賣限量版的球星簽名運動手環，特地存了一筆錢，準備偷偷買下來匿名送給他。

就算知道，花了這麼多心力和金錢，我們也無法回到過去，但能夠看著他戴上我送的手環，也是一件很滿足的奢望了。

也許我從來沒想過，什麼時候開始自己竟然變得如此卑微，但他的笑顏彷彿能撫平我糾結的心，單戀的我變得那般容易滿足。

「啊，小姐，妳怎麼現在才來啊？我還想說，妳從幾個月前就來詢問過好幾次，應該是很想要買到這副運動手環，怎麼今天終於開賣卻沒來？」櫃姐上前招呼，她甚至已經認得我。

「這要用搶的嗎？」不會吧？這副手環要價上萬元，竟然有這麼多人搶著買一條天價的手環。

「欸？妳不知道嗎？親簽版的手環全國只有五十副，我們門市只分到五條，百貨公司剛開始營業就有許多顧客來排隊，今天十二點一開賣，不到三十秒就售罄了。」

「什麼？賣完了？」我絲毫無法掩飾訝異，最困難的現金我都努力掙得了，竟然因為沒搞清楚狀況而白白錯失機會。

「當然，其他櫃位也一定都售完了。」櫃姐走出櫃檯，輕輕擦拭玻璃展示櫃，「還是妳想買沒有簽名的一般運動手環嗎？那倒是還有庫存。」

我搖搖頭，頓時為自己的糊塗感到氣憤。正因為是球星的親筆簽名，才會有那極高的稀有價值，我每天都想著，要是關馳赫收到偶像的親簽手環，一定會很開心吧？

「話說你們改恩高中的學生也挺厲害的，明明是上學時間，今天中午排第一順位的顧客就是一位穿著制服的女孩。」

我猛然抬起頭，上前抓住櫃姐的手，急切地問：「妳說是我們學校的嗎？我可以看監視器嗎？」

放棄一向不是我的作風，我裴祝娜要搶的東西，無論如何都要得到。

「這個嗎……調閱監視器不是我能決定的，沒有特殊理由無法擅自調閱。」她不失禮貌地解釋道，不過一秒便換上痴痴的笑顏，「但是，我有和那位同學聊了幾句，她說她們是一群粉絲，集資要送給一個男生的康復禮物，叫什麼白……白什麼的，還有給我看照片，哎呦……真的長得很好看，連我這把年紀都心動了！」

「白、白晨邕？」我不禁用力拍桌，害得櫃姐歇斯底里地檢查玻璃有沒有損傷。

她一邊慌張地察看玻璃，一邊回答：「對對對，就是他，哎呦……小姐妳也小心一點——」

「謝謝妳告訴我，我還有事，先走了！」

我匆匆打斷她的話，朝學校奔去。

*

一抵達校門口，甚至還來不及搜尋白晨邕可能的所在之處，我便看見一個美術社的學妹朝我小跑而來，面容膽戰心驚，顯然受了不少驚嚇。

「怎麼了？」我停下來瞥了她一眼。

「學、學姊……」她細柔的聲音微微顫抖，緩緩伸出手，「美術教室的作品……全部都被破壞了！」

我望向她的纖纖小手上，那些破碎的圖畫，心中頓時一顫。

「為什麼？妳有看到是誰嗎？」

我毫無收力搖搖她的肩，嚇得學妹流下眼淚，「有……有人留紙條，說會給學姊妳一點教訓……」

他們對付我一個人就算了，竟然把手腳動到不相干的人，也許目的只是為了讓我成為全社的公敵。

我怔怔地瞪著眼前的景象，那就像是，所有人的努力，被蹂躪成碎片。

學妹戰戰兢兢地呢喃著：「該、該怎麼辦？社長一定會很生氣的，她一直都非常在意這些作品，交代我要好好鎖門……」

我抓起她手中的作品碎片，跨步離去。

「等等！學、學姊！妳要去哪……」

「這些我會處理，妳先回家。」

我從來不允許自己受到任何委屈，無論是誰，我都要那個人為此付出代價。

而第一個要質問的，絕對是白晨邕。

＊

由於已經過了放學時間，找遍了他的教室或整棟大樓，不見有任何學生，更沒有他的身影。又有一陣憤恨的潮流湧上心頭，我緊握住雙拳，努力抑制著情緒翻騰，軟弱一點也不適合我。

我決定在圖書館一樓門口堵人，像他這種校排名前三的學霸，一定會留在K書中心晚自習，而此刻這個時間，他應該會和朋友出去吃晚餐，我只要守在樓梯口，必定會等到回來讀書的他。

一直等了一個小時，我幾乎眼睜睜瞪著夕陽完整的落下，才終於看見他和一群人緩慢的走向圖書館。

我猛然起身，踩著憤怒的步伐朝著白晨邕走去。

看來氣喘沒帶給他多大的傷害，經過這幾天療養，他就和平常沒什麼兩樣。見到他如此健康，過得如此愜意，猶如有把汽油澆淋在我的怒火中。

他的朋友們在看見我後，臉上浮現各種反應，其中大多數是好奇。

而我的目光也無法控制地不斷飄向關馳赫，許久沒和他有交集，我們都有些不自然，每當看見他的身影，心中總有股悸動絞痛著。

我實在摸不透他此刻的反應，上次見他對於白晨邕的氣喘反應那麼大，如果以為我是兇手，應該會發揮流氓本性來為死黨報仇才對，然而他顯然沒有。

是不是代表，他也許還將我放在心中很重要的位置？比身為好友的白晨邕更重要？

我最訝異的還是關馳赫的校花妹妹關玥寒，沒想到她會出現在這裡，畢竟這可是一群男孩，她是一行人中唯一一個女孩，安靜卻顯眼地走在白晨邕身邊。

話說回來，這群人竟然就這麼離開了……

我氣憤的怒容如此明顯，每一個人都盯著我瞧，不是應該要提醒白晨邕嗎？

「你到底為什麼還能一副事不關己的樣子？」我忍不住朝他們沒頭沒腦地丟出一句。

所有人都停下腳步回頭望著我，我瞬間感受到龐大的視線壓力，雙頰更是因這難堪的靜默脹成了緋紅。

所幸困窘並沒有持續太久，白晨邕聞言便朝我跨步走來，而一旁關馳赫則用手示意大夥兒繼續往前走。

白晨邕的表情仍沒有一絲變動，只有眼神快速掃過我手上的一疊紙片。

「你不會說話嗎？別光用眼神冷冷地看，我就不信你什麼都沒聽說！」

他微微蹙眉，一開口便是有些沙啞的嗓音：「氣喘吸入劑不是妳拿的？」

「你相信那些傳言？」拜託別告訴我，一個活到十八歲的成年人會這麼傻，我還聽說他是校排萬年前三名的學霸呢。

「我怎麼知道妳會做什麼事？妳看起來神智就不太清楚。」

我深吸了一口氣，努力抑制自己不衝上前扯住他的衣襟。然而一開口，聲音卻沒壓抑成功，嚴重顫抖，「你……你真的是我遇過最爛的人！我們全社團的作品因為你而毀了，你知道他們有多少人受害嗎？一年的心血，卻因為你的無腦粉絲，現在全沒了！」

「是誰撕的？」

「我就是不知道才會找你啊！」

如果我以為他會要替我討回公道，那就真的太純真了。

「那妳憑什麼篤定和我有關？」他瞇起眼瞪著我，絲毫不客氣。

畫是誰撕的完全不需要思考，答案顯而易見。「就是你的腦粉！最近頻繁騷擾我，只因為我畫過你的置物櫃，就隨便誣陷我。」

「妳還好意思說妳破壞我的置物櫃？我原本打算不跟妳計較了。」他的眉間擰得更深了。

「你母親做了這麼卑鄙的事，害我家完全失去收入——」

「妳自己也說了，是我媽，不是我。」他無禮地打斷我的話，語氣流露不耐煩，「所以和我有什麼關係？倒是，妳知道妳放了廚餘在我的櫃子裡，臭酸的汁液流到別人的空間，流進木頭縫隙，整個籃球隊都因為妳，把所有置物櫃重新翻修嗎？」

難得聽見他說出這麼多話，我不禁愣怔，而他所說的這件事，我也確實不知道。

「所以請妳別再鬧了。」白晨邕冷冷地拋下一句話。

我怔怔地望著他準備轉身離去的身影，這是第一次，我和一個人爭吵到啞口無言。

姑且不論整件事的責任，光是他那缺乏禮貌又傲慢的態度，就足夠成立我對他的討厭。

「等等！」我猛然揪住他的衣袖，忽然想起此刻回來學校的目的。

他瞇起眼，目光落在我的手上，似乎是要我保持禮儀，別和他有肢體接觸。

我抓得更緊，想起闕馳赫，嚥下一口氣，稍稍壓下姿態，「你今天有收到一群女生送你的運動手環吧？」

「有又怎樣？」

「把它賣給我吧！」話一說完，我自己都感到後悔，全世界可是沒有幾個人能讓我和氣對待。「反正你每次不都把別人送的禮物丟了嗎？比起丟掉，倒不如給有需要的人！」

白晨邕微微蹙眉，無情地說：「因為是妳，想都別想。」

「你說什麼？」我倒抽一口氣，無法相信自己被狠狠拒絕了。

他將手從我的手心抽離，轉身準備離去。

「等等，你給我站住！」我一個箭步跑到他面前，擋住了去路。

他瞇起眼，皺著的眉稍稍揚起。

我深吸一口氣，垂下頭，放低姿態請求道：「算我拜託你吧，賣給我。」

白晨邕沉默了片刻，淡淡的問：「妳要幹嘛？」

「你管我要幹嘛？」我下意識脫口而出，彷彿是為了極力掩飾自己卑賤奉獻的事實。

「既然不是什麼太重要的事，那就免談。」

「是很重要的事！」我朝他尖聲大喊，音量響亮到就連站在三樓的關馳赫都回眸看向我們。白晨邕挑起眉，示意我繼續說下去。

「啐，算了，不賣也罷，我一點也不稀罕！」我最終敵不過自己的尊嚴，自暴自棄的吼出這幾句話，轉身離去。

如今一切都往最壞的方向發展，我不僅沒買到關馳赫一直很想要的那條運動手環，更是害全美術社的作品付之一炬。

＊

最後，我只買了普通款式的運動手環，當作關馳赫的生日禮物。

天色漸漸暗下，我獨自走向籃球場，此刻距離放學已經過了兩小時，球場上只剩下零星幾位學生依然奔馳。

遠遠我便看見關馳赫的身影，他一直都是籃球隊最勤練的菁英，就連自己的生日也沒有缺席，晚霞都被濃墨般的黑夜取代了，他依然在場上練著三分球。

我悄悄潛入籃球隊的休息室，果然如同白晨邕所說，就算這座密閉空間內沒有任何燈光，我依然能看見，有別於上次到這裡塗鴉置物櫃時的景況，此刻這些白色置物櫃已經煥然一新，全新翻修成極富質感的黑色磨砂鐵櫃。

因為我，害得籃球社必須破費整修置物櫃，然而，在我愧疚的同時，白晨邕那淡漠的臉龐隨即浮現在我腦海中，所有的愧疚頓時消逝。

我用力搖搖頭，瞥了眼手錶，已經將近七點半了，再不加快動作，隨時可能有人會結束練習，回到休息室整理書包。

打開那格屬於籃球隊隊長的置物櫃，我迅速從書包中拿出細心包裝完畢的禮物，準備放入置物櫃中。

霎時，一陣急促的腳步聲逐漸加大，我嚇得猛然一顫，禮物掉落至地面，運動手環從包裝盒中滾出，停在不遠處。

匆匆撿拾起距離我較近的禮物盒，什麼都來不及思考，我便趕忙沒入隔壁排櫃子的黑暗之中，懊悔的瞪著那還遺落在置物櫃前的運動手環。

下一秒，腳步聲的主人便出現在門口，望見那熟悉的身影，我的心猛然一沉，連呼吸都有些顫抖。

關馳赫小跑進入休息室，肩上披著毛巾，濕透的衣服滴著水珠，我這才注意到，不知從什麼時候開始，外頭下起了陣雨，彷彿連天空都為我的失敗而哭泣。

他呼出了一口氣，因為剛運動完畢，還微微喘息著，順手打開置物櫃，拎起書包，並抽出雨傘，準備離去。

然而，他卻突然停滯住腳步，接著低下頭望著地上的運動手環。
我的心跳瘋狂顫動，不知他會如何處置那條手環。
不讓我煎熬太久，外頭就響起一道陌生的男嗓：「阿赫！她已經在等你了，你拿完書包就快點出來吧！」
「喔！知道了。」關馳赫抬起頭，沒多理會那條運動手環，轉身走出休息室。
我下意識探出頭，想知道剛才他朋友口中的「她」是誰。
只見關馳赫撐起傘，搭住來者的肩。
我的心中頓時失去了某種重量。
關馳赫交了新的女朋友？
因為雨傘的遮蔽，我看不見對方，只知道她穿著和我一樣的制服，留著一頭柔順的長髮。
空氣變得稀薄，變得沉重，周遭的一切彷彿都嘲笑著我的愚蠢。
這段日子，我一直默默的仰望他，默默的關注他，而我卻沒發現他身邊已經出現了新的女孩？就算我將樓怡煦從他身邊消除了，永遠還是會有女孩佔領那個位置，那個我一直渴望著，卻親手毀掉的位置。
他早已心有所屬，我卻還為了匿名送他生日禮物而卑賤的蹲在黑暗中。
眼淚終於潰堤，我跌坐在地上，怔怔的瞪著那條孤獨躺在地面上的運動手環。
它被緩緩撿起，那節骨分明的手指微微浮著青筋，輕輕拿著那條手環。

我霎時回過神，猛然抬起頭瞪著對方。

「你……白晨邕？」

他不發一語的瞅著那條運動手環，接著不帶任何表情將目光放到我身上。

我迅速抹去眼角的淚水，站起身，惱羞成怒道：「你為什麼會在這裡？」

他依然保持沉默，那幽深的眼神令人毛骨悚然。

「算了，你還是閉嘴好了，什麼話都不許說！」我皺起臉，為自己的尊嚴感到懊悔，他會站在這裡，想必也都目睹剛才的一切了，依他的個性，出口肯定只會是嘲諷。

不過，他卻開口：「妳跟我要那條手環是為了送關馳赫？」

「干你什麼事？」我憤恨的回答，羞赧又難堪。

他扯了扯唇角，將他撿起的那支運動手環遞還給我，站在我面前有股無形的壓迫感。

我一把搶過那原本要給關馳赫的禮物，但白晨邕卻沒有要離開的意思。

「啐，你看什麼看？快滾！我再狼狽也輪不到你嘲笑我！」

「妳擋著我的櫃子。」他淡淡的說。

轉身一看，這個熟悉的位置的確實深深烙印在我腦海中，雖然換了顏色，但還是同一個編號。

我憤恨的挪開腳步，仍狠狠瞪著他。

只見白晨邕打開置物櫃，拿出自己的隨身物品，背起書包，轉過頭最後瞅了我一眼。

我正打算開口，他將一包面紙遞給我，不等我做出反應，便消失在休息室門口。

＊

「裴祝娜，到前面拿妳的考卷。」數學老師在唸到我的名字時，眉頭微微一皺。

我硬著頭皮起身向前走，一路上，走道兩旁堆積著種種不友善、嘲笑的眼光。

「謝謝。」接過考卷，清晰的三十七分映入眼簾。

老師淡淡地說：「妳今天放學留下來補考。」

「什麼？」

我知道他是全校罕見富有教學熱忱的年輕老師，平時常常特別加強幾位某些科目進度落後的學生，但我一直被歸類為無藥可救的類型，倒是第一次接到需要課後加強的通知。

「這張考卷的題目都是基本題，考差代表有很嚴重的問題，所以妳就留下來再重寫一次吧，針對不會的部分，老師也會特別幫妳加強。」

台下傳出幾聲訕笑，我緊握雙拳，忍住不轉身瞪向他們。

「好了，接下來是掃地時間，大家快去做自己的掃地工作吧。」

將數學考卷胡亂塞進書包，我憤恨地嘆了一口氣。

不讓我怨悔太久，便聽見環保股長對我喊著：「裴祝娜，今天輪到妳倒垃圾了，妳還不快去嗎？等等垃圾場就要關了。」

「我知道，不用妳管。」我瞪了她一眼，迅速走向教室後方已經包好的垃圾袋。

「等等，祝娜，我跟妳一起去吧，那袋垃圾看起來有點大。」禾雅逕自站起身，帶有威嚴的關心道。

我正想回答，環保股長又開口：「對了，禾雅，這週輪到妳領垃圾袋了，妳現在有空嗎？方便到總務處領取嗎？」

她對禾雅的態度明顯帶有幾分畏縮，一舉一動都小心翼翼。

「嘖，真是的，怎麼這麼剛好？」禾雅惡狠狠的瞪著環保股長，不滿的抱怨著。

「沒差啦，妳快去總務吧，才一包垃圾而已，我怎麼可能提不動？」

「好吧，那妳加油。」她擺了擺手，調頭離去。

看見禾雅走出教室的身影，我忽然意識到不對勁，她們是故意讓我獨處。

果然，許多女生都有意無意瞥向我這個方向，有些人甚至毫無遮掩地看著我，就像是端詳動物園裡的動物般。

拿起垃圾袋前，我顧盼周遭一會兒，並沒有什麼藏在門上方的水桶，垃圾袋上也沒有被塗抹惡作劇的膠水，看上去並沒有什麼危機。

因此，我俯身提起垃圾袋，向上施力的瞬間，「啪」一聲，原本完整包好的垃圾袋應聲斷裂，下部塑膠袋有一個大裂縫，各種垃圾頓時乘著地心引力滑出，衛生紙、糖果紙屑、灰塵等廢棄物全散落在地上，甚至有不明臭酸汁液濺到我的衣服上。

我怔怔地瞪著這個景象，幾位同學爆發出笑聲，對於這滑稽的畫面感到興奮。

她們特地打包好垃圾，在垃圾袋下方動了手腳，而能神不知鬼不覺做到這件事的，就只有衛生股長，當然，也許還有和她一夥的那群女孩，又或許，在她們對垃圾袋動手腳時，全班女生早已一起欣賞了這項計畫。

理智線在剎那間斷裂，我扔下空空如也的塑膠袋，轉過頭，捲起衣袖，準備上前討一口氣。

然而，當我怒氣沖沖瞪著她們時，卻發現剛才那幾張開懷大笑的臉都停滯住了。

她們沒理由因我的憤怒而感到驚訝，因此，我猛然轉身，正好看見一個和這裡格格不入的身影步入教室中。

「白、白晨邕？」

我怔怔的望著他，怒火一瞬間都熄滅了，為眼前的情景震驚不已。

白晨邕放下自己手中的紅色回收桶，顯然剛去垃圾場倒完他們班的垃圾。他沒有看我，而是靜靜掃起那些散落在地上的垃圾，全倒進他的回收桶中。

那些始作俑者顯然也驚呆了，他們沒有人上前干涉，而是詫異的瞪著眼前的畫面運作。

「你……怎麼會在這裡？」我低聲對他問道，怔怔地望著他。

將最後一片紙屑倒入桶中，白晨邕終於抬起頭，他輕輕瞥了我一眼，那眼神中有我無法解讀出的情緒，他總是讓人摸不著頭緒。

「我把這些拿去垃圾場，妳去清理一下妳的衣服吧。」他並不像我一樣壓低聲音，那音量拿捏得恰到好處，恰好能讓現場所有人清晰聽見。
他最後凝視著我的眼眸，寧靜中卻盪起圈圈漣漪。
望著他遠去的背影，我感覺到鼻尖酸酸的。

*

熬過艱難的數學輔導，我全身筋疲力盡。
當我要離開校門，能清楚看見不遠處中庭有一群女孩在為彼此慶生，起先是所有人對壽星瘋狂砸刮鬍泡，演變到最後，一群人玩在一起，互相攻擊對方。
仔細看，其中一人是裴妮淵。
最後望了一眼她燦爛的笑顏，我別過頭。
看著自己的臉歡樂的笑著，我卻感受不到快樂。
漫無目的地走在回家的路上，一樣的道路，一樣的街景，今天看起來卻蒙上灰白的色調。
我想起班上女同學在我的課本塗鴉羞辱我，想起那些我沒見過的人對我指指點點、投射異樣的眼光，我忽然覺得心臟糾結成一團，其實我並無法真正忽視那些霸凌行徑，這一刻，我才終於體認到，自暴自棄只是一種偽裝，偽裝自己很堅強，唯有頹廢才能假裝高傲。
假裝不在乎，事實上，我只是在說服自己並不在乎。

透過藥妝店的玻璃窗倒影，我看見自己憔悴的容顏若隱若現，當我想著要改變自己時，腦中浮現的第一個影像竟然是裴妮淵，我才發現，此刻我有多麼嫉妒她。

我有多麼嫉妒她，才會在潛意識之中把她當作了一個基準。

明明我們是雙胞胎，擁有一模一樣的先天條件，站在一模一樣的起點，但她總是過得比我好。她和媽媽及新爸爸重組了一個美滿的家庭，因為媽媽娘家豐厚的財富，從來不需要擔心溫飽。她一直都是那麼受歡迎，真心朋友的數量，有幾個就是我的幾倍。論學業成績，全班人數減她的名次大概就是我的。

也許我們算是「書猶藥也，善讀可以醫愚」最好的例子，擁有一樣的腦袋結構，裴妮淵將自己進化得淋漓盡致，我則是那個沒被醫過的愚。

我咬起下唇，最後跨步走進藥妝店。

望著架上玲瑯滿目的化妝品，我還是覺得十分平靜，生活的一切讓我麻木，讓我失去興趣，讓我覺得，不管我做了什麼事，對這個世界都不會有影響。

隨意拿起一支金管唇膏，原本想瞥一眼色號，轉過唇膏管身，我卻看見標價貼紙寫著三百三十元，這是一個很小的數字，內心產生的莫名波動卻告訴我，它也能是一個很大的波瀾。

下一秒，我握緊唇膏，泰然自若的讓Oversize外套衣袖包裹住自己握拳的左手，快步朝店門口，也就是櫃台的反方向走去。

一股夾雜著叛逆的興奮感衝上心頭，我感到頭昏腦脹，卻覺得這種感覺讓我感到充實。

俄頃，左手手腕被猛然拉住，我的心失速墜落，更是一瞬間失去了呼吸能力。也許是我自己心虛，全身猛然一晃，那支唇膏滑出我的手心，喀噠一聲摔落在大理石地面，滾到來者的腳邊，停了下來。

瞪著那雙白色球鞋，我迷濛的抬起頭，卡其色制服長褲，改恩高中白色制服，因未扣上第一顆鈕扣而敞開的衣襟，最後是那張熟悉的臉龐，我愣住了。

「白、白晨邕？」我的聲帶幾乎哽住，一開口便是乾澀。

他沉著臉，沒有答腔，而是瞅了一眼地上那支碎裂的金管唇膏，留下裂痕的蓋子脫落，磚紅色的膏體也因撞擊而變形。在那瞬間，前所未有的羞恥感竄上心頭，取代了所有感官。

「發生什麼事了？兩位客人，你們還好嗎？」一位穿著綠色制服的店員從貨架後方出現，慌張上前關切的詢問。

「沒什麼，只是不小心撞倒架上的物品。」白晨邕從皮夾中掏出紙鈔，遞給店員。「商品看起來有點損毀，再麻煩您處理了。」

我始終低著頭，甚至有些顫抖，一句話也不敢吭聲。

「那就好，還好你們沒有受傷，那客人您要再拿新的商品嗎？我們庫存應該還有全新的。」

「不用，謝謝。」

白晨邕收起最後一個音，隔著外套布料再度拉起我的手腕，將我強行帶出店面。

一離開藥妝店，微風重重打在我身上。

他把我帶到一條小巷中，才鬆開手，左手插進口袋中，站在我面前。

我仍不敢抬起頭，眉頭始終深鎖著，吸入的每一口空氣彷彿都摻雜著羞恥和難堪。

他始終沒有說話，而是一直讓我們之間漂浮著沉默。最後，我終於受不了這困窘，深吸一口氣，皺著臉問：「你……不問我為什麼偷東西嗎？」

他仍舊沒有答腔，我更是不願抬起頭看見他是用什麼眼神盯著我的。

「也罷，在你眼中我就是個瘋子，偷東西也沒什麼好奇怪的。」我頹廢的自言自語。

「不管是什麼，一定都有妳的理由。」他終於開口，淡淡的說，這讓我終於抬起頭對上他的目光。

我擰了擰眉，「你別自以為很了解我，偷竊就是偷竊，還能有什麼理由？」

「妳是笨蛋嗎？如果真的想偷那支唇膏，難道妳會不知道門口都有監測條碼的裝置嗎？」他啐了一聲，嚴肅地望著我。

我……的確不曉得。

但我依然繼續反駁：「我就是臨時起了貪念，不是預謀，會不知道也很合理吧？」

白晨邕無奈的抿起雙唇，彷彿不知該如何和我繼續對話。

「好了，我不在乎你怎麼看我，但是今天的事，你一個字也不許說出去。」我瞪著他，而他那挑起的眉峰就像是在問著，他何必聽我的命令。因此，我又接著說：「如果你還有一點良心，就好好閉嘴。」

我轉過身，快速逃離現場，他當然沒有繼續追問，而我也永遠不會回答，不會說我偷竊只是為了讓自己從麻木中找回一點點自我意識。

走沒幾步，口袋中的手機震動聲便中斷了我的思緒，當我看見來電者的名字，足足愣了三秒才按下接聽。

「裴祝娜！」對方用尖細的嗓音不滿地說。

「裴妮淵？怎麼了？」

「妳知道我現在在哪裡嗎？」

「我應該知道嗎？」我記得她不到一個小時前，還在操場上歡樂地幫朋友慶生。

「醫院。」妮淵的語調從不滿轉為哭腔，很容易想像她在電話那頭也許已經掉下眼淚，「妳是惹了什麼人？對方竟然把我認成妳，害我跌倒撞到水溝蓋，韌帶拉傷，差點骨折，而且她們甚至不知道自己認錯人……」

「什麼？妳在哪間醫院？我馬上過去。」

當我趕到醫院，只見妮淵獨自坐在椅上，右手被包紮成如同骨折般的模樣，纏繞得比她纖細的手腕大了兩倍。

她及肩的中長髮翹著些許自然捲，別著冰綠色的髮夾，我看不見她的表情，只能從這垂首的姿勢得知她的無助和憂愁。

一看見我，她又不禁開始啜泣。

「祝娜……我要怎麼辦啊？這樣根本不能考試了，我還要練琴，真的完蛋了，媽如果知道一定會很生氣的……」她抽抽噎噎地哭著，無助得像隻被丟棄的小貓。

妮淵和我最大的不同就是，她具備所有女性刻板印象該有的柔弱，心地非常善良，雖然是我害她變成這副模樣，她卻沒有太大的責怪。

這也讓我著實愧疚。

「妮淵，對不起。」我垂下頭，是真心感到無地自容，「怎麼會認錯妳？我明明染了頭髮，應該不會認錯吧？」

「因為我今天幫朋友用刮鬍泡慶生，結果全身都濕掉了，用毛巾包著頭髮才會……她們也許是這樣才沒看清楚吧？嘴裡一直嚷著妳的名字……」她又開始啜泣，雙眼徹底失去昔日的光彩。

我只能說，她的運氣真的很差。

「怎麼辦啊……媽媽如果知道真的會完蛋……」她摀著臉，哭得唏哩嘩啦的。

「妳怎麼會這麼怕她？」在我印象中，媽媽雖然管教是比較嚴厲，但也不至於如此驚悚。

「我如果考差了一定會被她罵的！不對，我現在手腕瀕臨骨折，根本就沒辦法考試……」她垂下頭，擤了一把鼻涕，「而且……她明天還要我……唉，想到就很崩潰。」

「她要妳做什麼？」

妮淵吸了吸鼻子，淚眼汪汪地望著我，「媽要把我賣掉了啦！」

「妳在說什麼？」我挑起一邊的眉毛，我這姐姐就是這樣，有點傻。

「她要帶我去相親……」她委屈地咕噥。

「妳是撞壞腦袋了嗎？妳才十七歲。」到目前為止，我都還沒打算相信她的這番話。

「真的！她要我明天中午和她一起去和某個企業股東之類的父子吃飯！」妮淵眼巴巴地凝視著我。

「噢……這哪是相親？」我實在不明所以。

「她叫我要化妝，要穿洋裝，還要表現得氣質優雅一點，多找點話和人家的兒子聊聊，說對方是非常非常重要的大人物，媽媽以前帶我去和其他高官聚餐才不會這樣！」她一向柔柔弱弱的語氣難得激昂，大大增加可信度，「可是我真的太膽小了，我不敢和陌生男生講話……」

「不敢和男生講話？」

我以為這是誇飾，然而，是確確實實的真話。

「嗯，我一直都很困擾，我沒辦法鼓起勇氣和男生自然地說話，就算是同班同學也是，除非對方很熱情或是認識很久了，一直找話題搭話，不然氣氛一定很快就會乾掉的。」

「我看妳人緣很好啊！朋友很多，交際不是問題吧？」

「那不一樣，女生和男生的相處模式不同啊！要我主動和男生說話真的不可能，我會緊張到腦筋空白。」妮淵嘆了口氣，盯著地面發愣。

這是我一輩子也無法理解的狀況，對我而言，男生比女生好相處多了，沒有心機，沒有嫉妒，更不會勾心鬥角，總是直來直往。

「所以其實我也真的很羨慕妳，祝娜啊！妳可不可以分一點異性緣給我？」她垮下嘴角，總是自帶林黛玉般的憂愁。

我和妮淵一直都很少聯絡，這番話完全出乎我的意料，像她如此完美、如此光鮮亮麗，在學校屬於上位圈的人，竟然會為異性煩惱？竟然會羨慕我？

在我思考的同時，她像是想起什麼般，動作忽然一滯，隨即更加大幅度垮下臉。

「怎麼了？」我努力試圖從那張受到驚嚇的臉龐解讀出一點頭緒。

「我……我真的不能去相親……」她驚慌地握著我的手，我感受到手背被冷汗包裹住。

「只是手受傷而已，而且如果讓對方留下壞印象，不是正好嗎？」

「千萬不行！媽媽會和我家庭大戰的！我不想違背她，也不敢……」妮淵頓時睜大眼，很快又沮喪地低下頭，「祝娜，妳說媽媽會不會在策畫政治聯姻之類的大事？我真的一點也不想認識其他男生……」

她圓滾滾的眼眸中透著晶瑩的水光，彷彿溢出了真誠。

看著一向笑臉迎人的妮淵這般垂頭喪氣，被我暫忘的罪惡感又冉冉而升。

「不然這樣好了，我代替妳去吧。」

「真的嗎？」妮淵眨眨眼，神情凝滯了幾秒，然後像是想起什麼般，猛然握住我的手，「不可以！這樣對妳太可憐了，而且——」

「一點也不可憐，只是吃頓飯而已。」因為爸爸被裁員，我已經有一個星期都每天只吃兩餐了，「而且是我害妳變成這樣的。」

「可是……」她不斷揑握著自己的手，猶豫不決。

我看得出來她內心已深深被打動，也一定明白這是唯一的辦法，只不過，她就是太善良，想必此刻被教化過的大腦正在和「己所不欲，勿施於人」搏鬥著。

「妳要把握機會喔，我裴祝娜難得這麼好心，在我反悔之前快點答應吧。」我挑起左眉，淡淡地說，「和男生相處對我來說真的很簡單，妳不用擔心。」

她最後破涕為笑，終於點頭答應，「那好！謝謝妳，祝娜。」

「等等，但是妳如果假扮成我，會被白晨邕的應援大隊找麻煩的。」我皺起眉，忽然意識到事情的嚴重性。

「沒關係的！」她咧嘴一笑，「我現在還不是被找麻煩了？所以就算我是裴妮淵還是會被認錯是裴祝娜。倒是，我們如果交換身分，妳的頭髮……」

妮淵的視線瞄向我的頭頂，我這才意識到自己頂著顯目的奶茶金髮。

「只能染回黑髮了。」

她晶亮的雙眼中閃爍著初次叛逆的光彩，興奮地拉著我的手，說道：「太好了！媽給我很多零用錢，那我們去染頭髮吧！我好想試試看染金髮！」

因此，我們倆發揮極高效率，到附近的美髮沙龍店，砸重金搞定了髮色。

望著鏡中擁有相同面目的兩人，我不禁愣怔了。

我已經有好長一段時間沒有留過深髮色，烏黑的中長髮柔順地披在肩上，瞬間壓抑了原本桀驁不馴的氣質，襯出肌膚的白皙。

而在我一旁笑得燦爛、猶如初見世面的裴妮淵則目不轉睛地盯著自己的奶茶色金髮，雙手不斷撫摸著觸感。

「妳只要卸個妝，然後我化上妝，我們就真的一模一樣了！」她雙眼閃爍著興奮，快樂地說：「說不定我們還能多交換幾天，這個顏色好酷！」

她有時傻得令人迷惘，一個千金大小姐不當，竟然想過我這種下位圈的生活。

而她似乎猜測到我的思緒，收起笑容，嚴肅地說：「我好久沒看到爸爸了，以前媽媽太嚴格時，爸爸都會站在我這邊，為我爭取空閒休息，要我別太苛責自己。現在我每天都好累，為了達到媽媽的要求，壓力真的很大。」

媽媽的要求就是：第一名。

以往我們全家還住在一起時，她總要我們把班上第一名和第二名雙雙拿下，否則就會挨罵或挨打，妮淵也就是在這種高壓氛圍下成為全校菁英的。

如今剩下妮淵，媽媽似乎把所有心力都花在栽培她，讓她學了許多種樂器，培養音樂氣質和一技之長，補習全科，更要求她維持校排前十名。

也就是因為如此，我一少了媽媽的管教，就瞬間鬆懈，步上和妮淵完全不同的路。

「好啦！那我們是不是要各自回對方的家？尤其是妳，要快點回我家，太晚回去媽媽會生氣的。」她對著我說，如同籠中鳥放飛自我，能暫時脫離嚴格家管。「對了！妳回到家記得要跟爸媽問好……喔，我是指我的新爸爸，還有，晚上要至少讀到十二點才能睡喔！不然媽媽會起疑的。」

我垮下臉，讀書？我連上次翻開書本是什麼時候都記不得了。

「一有什麼問題妳都可以馬上用手機問我！」妮淵眨眨眼，不斷向我道謝。

我聳聳肩，心中五味雜陳，不知該感到喜悅還是哀傷。儘管我必須接下妮淵認真念書的重擔，更要犧牲自由，然而，如今我對於自己的人生早已失去了努力的動力，暫時進入另一副軀殼倒也如同睡一覺般，得到了片刻喘息的時間。

第三章　女主角的臨演

也許是太久沒有和母親一起生活，我竟然完全低估了她認真起來會有多麼刁鑽。她為妮淵準備了一套純白色洋裝，甚至冒著天冷腳會凍僵的風險，就為了展現她口中所謂的女人味。

儘管在她的堅持下，平常總是素顏的「裴妮淵」畫了淡妝，但比起我一貫的濃妝，這種清新的小女孩風格依然讓人感到十分彆扭。

我們乘車前往奧里亞集團位於市中心的高級飯店，建築外金碧輝煌的裝置實在讓我意識到自己有多麼鄉巴佬，也許我是這棟建築的訪客中，唯一一位會為這些奢華裝飾而驚嘆的人。

「妮淵？妳有在聽嗎？」媽伸手在我面前揮了揮，微微蹙著眉頭。

「啊，有啊。」我隨口撒謊。

「那就好，等等記得要有禮貌，然後多和對方說點話，讓他對妳留下好印象。」

「媽，都什麼年代了，妳不會真要企業聯姻吧？」

媽媽懵然地眨了眨眼，有些驚訝，問道：「妳說什麼？」

我倒抽了一口氣，差點敗給自己的直白，竟然忘了，妮淵平時一定不會這般粗魯的跟她說話。

「喔，我是說，為什麼我要給他好印象呢？」我換上微軟的語氣，擠出笑容。

「對方家族是非常有名望的企業大老，如果你們可以好好認識，對兩家的相處都會有幫助。」她說得理所當然，我怎麼聽都像是硬解釋。「喔，對了，等會兒飯店門口可能會有一些記者，妳儀態要保持好，抬頭挺胸，對媒體要有禮貌，知道嗎？」

我幾乎不敢相信自己的耳朵接收了什麼，不可置信的問：「妳說什麼？記者？怎麼會有記者？不是就吃頓飯嗎？」

「這是我們奧里亞集團第一次和這麼有地位的企業大老會面，如果談得順利，他很有可能會買下奧里亞集團百分之二十以上的股份，晉升為我們公司的最大股東。妮淵，妳今天是怎麼了？又不是第一次帶妳面對媒體，這有什麼好大驚小怪的？」

我草草搖搖頭，雖然荒唐，但礙於扮演妮淵的氣質，不能多作表態。

我父親和母親的家庭背景幾乎是社會階層中的頂端及底層，父親出身農家，只有一份保全的小工作，如今甚至淪落到失業的地步，而母親則是奧里亞集團董事長的堂妹，很自然空降接收了公司內的高層職位。

也正是因為父親的自卑感和兩人天壤之別的價值觀，他們才會漸漸走上離婚的結局。

「好了，要下車了，記得要有禮貌。」

車門一敞開，無數閃光燈頓時落下，我的視線被重重光束遮蔽，只能勉強看見前方是一整排的記者和攝影機。

我笨拙地跟在媽媽身旁，此時已顧不得要學習妮淵的優雅，為了不流露錯愕，只能擺出平時強勢的姿態。

「請問妳今天出席是代表奧里亞要跨界合作、開拓新產業了嗎？」

「這是不是代表公司和目前最大股東發生嫌隙？」

「公司加入新勢力會影響目前市場的局勢嗎？」

「奧里亞集團股票這幾天漲幅來到今年最高，請問妳怎麼看待這場會面帶來的股市變動？」

「今天帶女兒一同出席有什麼特別的含意嗎？」

媒體丟出了好幾個問題，而媽媽只是保持高雅的儀態，面帶微笑，不失禮貌地說：「謝謝大家的關心，如果今天會談順利，奧里亞的發言人會統一向各位作說明。」

她拉著我向前走，在飯店人員的協助下快速進門。

進入飯店，我忍不住鬆了一口氣，稍稍放鬆了緊繃的面部神經。

服務員領著我們進入小包廂，站在門邊，我低頭直直瞪著鞋尖，興趣缺缺，要不是因為有美食能享用，這種場合簡直乏味至極。

然而，包廂門一敞開，我不禁頓住腳步，睜大眼瞪著眼前所謂的相親對象。

白、晨、邕！

他始終盯著手機，一直沒有抬起頭，嘴角緊抿著，看上去十分不耐煩。

看來大事不妙，我想，全世界的男性當中，我無法正常相處只有兩位，一是闕馳赫，二就是白晨邕。

我和他擁有深仇大恨，他甚至掌握了我不堪的一面，此刻我完全控制不住維持住溫柔的表情。霎時，他輕輕抬起頭，瞥了我們母女一眼後，目光迅速斂下，不過一秒，又猛然抬起頭，直勾勾地盯著我。

我望進他深沉卻暗藏不住訝異的眼眸，對視了足足五秒，最後實在忍受不住這尷尬的氛圍，我趕忙別開視線，卻感到更加不知所措。

我在媽媽左手邊的位置緩緩坐下，正面對白晨邕，只好逼迫自己專心瞪著菜單。

兩位大人很快便熱絡地寒暄了起來，他們說了很多話，我卻一個字也沒辦法聽進去，握著菜單本的手心更是不斷冒出冷汗。

稍稍抬起頭，沒想到白晨邕竟依然盯著我，我開始感到有些慌亂，我此刻可是「裴妮淵」的身分，他這樣目不轉睛看著我，該不會認出我是裴祝娜吧？

我煩躁的端起玻璃杯，灌下一大口開水，試圖隱藏不安。

然而，卻因流了手汗而不小心翻倒了杯水，發出「匡啷」巨響，白開水也浸濕了絲質桌巾。

這粗魯的舉止使我瞬間成為焦點，媽媽不可置信地瞪著我，彷彿正責怪著這有失優雅的動作，而白晨邕的父親白煥則是露出緊繃的微笑，他給人一種極度肅穆的第一印象，和他兒子一樣充滿傲氣。

「白堇，妳別介意啊！我們妮淵可能是嗆到了，動作比較大，她平常不是這樣的。」

「沒事的，這沒什麼，畢竟他們都還是孩子。」他表示不在乎，語調沒有太多抑揚頓挫。

「啊……妮淵，妳和白堇的兒子也聊幾句啊！你們好像剛好同歲，是吧？可以多多認識一下。」媽媽皮笑肉不笑，彷彿正警告著我的言行舉止。

「是啊，沒記錯的話，你們還同校吧？都是改恩高中的學生。」白煥點點頭，審視般凝視著我。

媽媽附和著，笑盈盈地問：「晨邕，你在學校有看過我們妮淵嗎？」

「妮淵這麼優秀，你應該聽說過她吧？」白煥挑起眉，問著兒子。

我將視線重新移回白晨邕的眸中，那強烈的眼神令人頭皮發麻，總覺得他正試圖傳達著什麼。

「有。」

這一聲應答，低沉音色盪起幽深的共鳴。

這個回答並不令人訝異，畢竟他就算沒見過裴妮淵，也絕對見過我。

「這樣啊，那妮淵妳也知道晨邕吧？聽說他在學校很有名！跟母親一樣擁有廣大粉絲。」

聽見這個問題，我不禁愣怔，腦袋一瞬間打結，我不知道妮淵認不認識白晨邕。

掙扎良久後，我心虛地回答：「看過。」

「哦，那很巧呢！你們倆該不會其實認識吧？」白煥好奇地問。

我屏息等待白晨邕回答，他卻直直盯著我，絲毫沒有要開口的意思。

因此，我小心翼翼地說：「我們不認識。」

我發誓自己看見白晨邕在聽到這個答案後，左眉非常細微地挑了一下。

這讓我對於扮演好裴妮淵的信心一瞬間掉到谷底，膽戰心驚地瞪著盤中鮮嫩的牛排，明明色香味俱全，卻怎麼也沒有食慾。

這頓飯局，我沒有再開口說過一句話，深怕任何反常都會露出破綻。

這惹得媽媽非常氣憤，一離開白氏父子倆聽力可及的範圍，她便開始低聲碎念嘮叨，直到手機鈴響才終於停止。

「喂？」她接起電話，猛然一頓，彷彿受到不小的驚訝。「裴桓？你、你怎麼會打給我？」

裴桓？爸爸竟然會打給媽媽？據我所知，他們倆離婚以來，爸爸幾乎沒聯絡過媽媽，他可是連急需用錢時，都不曾打電話給她，我心中頓時湧上不祥的預感。

「你說什麼？」媽媽難得會在公共場合不顧禮儀驚呼，焦急的說：「你現在在哪裡……好，我馬上過去！」

我上前拉住她，急迫地問：「媽？爸爸怎麼會打給妳？發生什麼事了？」

「祝娜出車禍了！」

*

抵達醫院，媽媽幾乎不顧高跟鞋的阻力，急迫地小跑起來，不難想像，情勢必定不樂觀。

「裴桓！祝娜現在怎麼了？急救完還好嗎？醫生說什麼？」

爸爸無力地搖搖頭，揉著太陽穴，看上去奔波已久，失落的說：「目前陷入昏迷，醫生評估不確定會昏迷多久，但短期要恢復非常困難。」

我的雙腿一軟，跌坐在等候區的椅子上，這才看見一旁還有一臉哀愁、驚魂未定的蔣禾雅，我沒有想到她也會一起出現在醫院，趕忙跑向她。

「禾雅？妳怎麼會在這裡？」

禾雅疑惑地盯著我，彷彿問著：我們認識嗎？

「呃……祝娜她還好嗎？妳是和她一起嗎？發生什麼事了？」

「嗯。」她垂下頭，「妳是裴妮淵吧？我和妳妹妹去學校對面的麵店吃晚餐，沒想到，過馬路時，遇上闖紅燈又超速的酒駕，失控撞上……祝娜她……」

難得見到一向陽剛的禾雅幾乎是哽咽著說出這段話，連語詞也沒辦法清楚表達。

我緊緊摀住嘴，不敢想像妮淵遭受了多嚴重的車禍，仔細一看，禾雅身上甚至有斑斑血跡，卻不見任何傷口，想必這些血漬全都是妮淵留下的。

禾雅低下頭，痛苦地說：「抱歉，我沒辦法回想了，車禍現場真的很恐怖……不過，校版上有人PO出詳細情形，妳如果還有什麼想知道的，可以去上面看。」

聞言，我迅速點閱了校版，果不其然，第一則就是「裴祝娜出車禍陷入昏迷」的貼文，消息傳得火熱，底下的留言兩極，負面居多，甚至有人語帶謾罵，說是報應、罪有應得、老天有眼。

這些我都能勉強無視，但最重要的是，這也代表，不只禾雅目擊了那場車禍，整個校版超過數十人，都已將這個消息傳得沸沸揚揚，所有人都以為，我出車禍，此刻昏迷不醒。

換句話說，除非昭告天下，我和妮淵因為一場飯局而暫時交換身分，否則，我沒辦法換回正在昏迷的「裴祝娜」。

這一切都是我的錯……

害無辜的妮淵手腕受傷，才會使得我必須代替她去和白氏父子吃飯。

看著爸媽掩面哭泣，我心中有無法言喻的罪惡感，更是逐漸意識到事情的嚴重性。

我總不可能繼續假扮妮淵，憑我倆個性如此天差地遠，能撐過一場飯局就是奇蹟了，要是去學校，一定很快就會被拆穿，到時局勢就一發不可收拾了。

因此，我快步走向媽媽，急切地扯了扯她的衣角。

「媽，我有話要跟妳說，妳跟我來一下。」

「什麼？怎麼了？」她用紙巾逝去眼角的淚水，面容仍十分憂愁。

「妳跟我來就對了，真的是很重要的事。」

她雖然疑惑，還是跟著我一起走了。

來到空無一人的廊道，我再也掩藏不住焦急，擔憂地說：「媽！我跟妳說，我是祝娜！」

「妳說什麼？」她猛然抬起頭，皺起眉用力端詳我的五官，「妮淵，妳現在到底在說什麼傻話？我已經受到很多打擊了，不要在這時候跟我開玩笑。」

「我才沒有開玩笑！妮淵昨天因為我，手腕韌帶拉傷，但因為她知道今天要去飯局，害怕妳會責怪她，所以我就代替她去了……」我快速把詳細情形向她解釋，說著說著，連自己也感到荒唐。

媽媽有好一陣子沒開口，只是目瞪口呆地望著我，她的眼中閃過數種情緒，眉頭也不斷深鎖。

我甚至聽得見手錶指針轉動的聲響，在走廊盪起詭異的回音。

不知過了多久，她才緩緩吐出一句話：「所以，出車禍的是妮淵？」

我點點頭，感覺到全身都在發顫著。

「怎麼會……」她跌坐在地上，已無力責怪我倆誇張的行徑。

「媽，現在的重點是，我們該去告知院方吧？還有爸爸，還有所有目擊者，都要快點向他們接露真相，否則，時間過越久只會越難收拾。」

她將臉埋進手中，面容憔悴而疲憊，悲痛地點點頭，然而，下一秒忽然抓住我的肩膀，歇斯底里地說：「等等！不能讓白董知道這件事！」

「媽？妳在說什麼？」

「他兒子和妳們同校是吧？絕對不能讓白董知道妳不是妮淵！他如果知道我們欺騙他這種事，公司會失去信譽，而且媒體也都已經報導了！這樣等同於是詐欺，會重創奧里亞集團的形象！公司最近因為民眾的預期心理，股票大漲，這麼一來一定會暴跌！」

「都什麼時候了？妳怎麼還在管那對父子和公司？」

「祝娜！這不是開玩笑的，白煥是國內最有名的投資專家，民眾會跟著他的投資變向買賣股票，所有人因為看好他可能將買進大批奧里亞股票，才一起跟進，導致我們的股價漲幅破今年新高，如果他決定不買進或是公司形象因為詐欺重創，股票一定會大跌，妳知道股票暴跌會影響多少人嗎？」她越說越激動，幾乎無法壓抑音量，「很多小股東可能會破產，全球化經濟也會帶動其他相關產業或垂直鍊產業的股價受到影響！」

原來在她告訴我這些以前，我所擔心的都只是小事，這件事不只涉及到我倆的身分、學校數十位聽聞消息的同學，而是會影響整個股票市場。

「所以，妳不能告訴任何人妳是裴祝娜！現在已經沒有退路了，妳只能繼續當裴妮淵，直到妮淵平安醒來。」媽媽慎重地告誡我，她的眉間始終緊擰，我看得出她所承受的壓力不是我這種才疏學淺的人能理解的。

「所以……我還要繼續當裴妮淵……？」

「對，絕對不能讓學校任何人知道這件事，就算是朋友也一樣，尤其是白晨邕。」她抓著我肩膀的手勁加大，疲憊的眼神卻閃爍著堅定。

我沒有資格反對，沒有資格悲傷，沒有資格懊悔，因為，一切都是因我造成的。

*

周一，我依然穿著改恩高中的M號制服上衣和二十四腰制服裙，但是，卻背上純白色的名牌書包，梳著乖巧的黑色高馬尾，素顏走進校門。

我努力控制步伐別太大喇喇，收斂儀態，別表現出狂野的氣場，依然沒有信心在學校扮演好妮淵的角色。

經過我們班的教室，我卻得繼續往前走，快速瞥了一眼獨自坐在位置上的禾雅，心中有股說不出的不捨。

抵達二年二班教室，我深吸了一口氣，跨步踏入教室，社會組的教室果然有別於自然組，散發著各種女性香粧品味，也少了汗臭。

「早安啊！妮淵！」

一個我沒見過的女孩對我親切的笑著，我頓了一下，趕緊用自己極度不習慣的語調回應：

「喔，早安啊！」

我皺了皺眉，自己和朋友相處從來不會這麼溫柔，印象中更是沒假惺惺的互道過早安。

「妮淵，妳一大早在發什麼呆？等等要考英文大卷耶！妳竟然會這麼慢悠悠的。」另一個女孩伸手在我眼前揮了揮。

一張熟悉的面龐映入眼簾，我知道她是誰，唐湘妍，只要是改恩高中的學生，一定都會知道她，一是因為她哥哥是已畢業的大校草，二是因為，她那張混血面容讓全校男性們為之瘋狂，從高一剛入學時就引起不小的騷動。

而且，據我所知，唐湘妍是裴妮淵最要好的朋友，兩人形影不離，被視為改恩高中十大美景之一。

「要考英文？」我眨眨眼，一秒後猛然改口：「喔，對，我知道！」

唐湘妍微微皺起眉頭，「想起來了吧？我還想說妳怎麼可能會忘記考試，平常都是妳提醒我的。」

我快速掃視所有座位，遠遠便看見第一排左側有一個空位置披著一件裸粉色外套，趕忙走了過去，妮淵一直都很喜歡少女粉。

第一節結束，我覺得自己完蛋了。

我為妮淵考了生平第一張不及格的考卷，不僅同學驚呼連連，就連老師也不敢相信。

「妮淵，妳怎麼會突然考二十三分？這單元妳哪裡不會嗎？老師可以幫妳課後輔導的，妳是要拚繁星、申請第一志願的人，哪怕是一張平時小考都不能鬆懈。」

我搖搖頭，什麼課後輔導？我完全無法接受結束九個小時的摧殘後還繼續待在學校，因此裝著柔弱說道：「我只是身體不太舒服。」

「啊！妮淵，妳是不是因為妹妹車禍，所以影響到心情？」又是一位沒見過的女孩，她上前關心。

「對欸，差點忘了，裴祝娜昨天好像出了很嚴重的車禍。」

「我昨晚還親眼目睹那場車禍，真是嚇死人了！」

「不對吧？我覺得妮淵是因為交了男朋友，所以成績退步！」

大家開始起哄，有一、兩位同學發出壞笑，其他人則一臉震驚，議論紛紛。

不過……我沒聽錯嗎？妮淵……有男朋友？

她這種乖乖牌？更何況，她還說過自己不敢和男生相處，光是想到她和哪個男孩牽手甚至是擁抱，就讓我覺得世界觀徹底翻轉。

「妮淵妳有男朋友？什麼時候的事啊？怎麼大家都不知道？」

「對啊，是誰啊？是我們學校的嗎？」

「哇！妳真的是人生勝利族耶！好羨慕妳，妳男友也是風雲人物嗎？」

她們徹底說出了我心中的疑惑，我也很想知道……

唐湘妍走上前，霸氣擋在我面前，示意大夥兒別湊熱鬧，「他們走低調戀愛的路線，還沒有打算公開，妳們就別八卦了吧，留點隱私給她。」

「也對，如果公開了，妳男朋友可能會被妳的小粉絲圍攻。」

她們繼續七嘴八舌的聊天，所幸因為唐湘妍的那番話，話題漸漸轉開，而我的思緒卻還束縛在妮淵的男朋友。

「欸，說人人就到，妳男朋友在外面。」唐湘妍撞了撞我的手肘，壓低聲音對我說。

我猛然轉過頭看向窗外，走廊上是有幾個人，但是——

唯一一位將目光落在我身上的只有一個人。

闞馳赫。

*

他對我招招手，並咧嘴一笑，露出一口整齊的白牙，我的心臟像遭受重擊般奄奄一息。

溫柔安靜又膽小的乖學生裴妮淵，喜歡兇惡浮躁又大膽的大流氓？

徹底顛覆了我的世界觀……

闞馳赫是裴妮淵的男朋友？他們怎麼會是情侶？我甚至完全沒有耳聞。

像闞馳赫那種大流氓和裴妮淵這種優秀的風雲人物開始談戀愛，如此勁爆的消息，怎麼可能瞞得住？

難道闞馳赫是擔心我會像對樓怡煦一樣傷害裴妮淵嗎？他們會選擇低調、不公開戀情，難道是因為怕我從中破壞嗎？

然而腦中卻浮現他生日那天的畫面，闕馳赫走出籃球隊休息室時，摟住一個女孩。

這麼說……那日和他在同一把傘下、那令我留下眼淚的女孩，就是裴妮淵。

「妮淵？妳不出去嗎？妳男友在等妳欸。」唐湘妍戳了戳我的手，示意我快到教室外，「不要讓人家等太久啦，等等就要上課了。」

「喔、喔，好……」

每向前跨一步，我的心都狂烈地跳動一次，自從鬧出這麼嚴重的大事，我再也沒有和闕馳赫說過一句話，再也沒有，靠近他。

「妮淵？妳怎麼了？怎麼冒冷汗？不舒服嗎？」闕馳赫溫柔地俯身凝視我，手輕輕貼在我的額前。

被他輕輕貼住的肌膚幾乎顫起雞皮疙瘩，我猛然一縮，而他意外地並沒有太大的反應。

「沒發燒，但妳看起來真的不太好，我陪妳去保健室吧。」

我沒有拒絕，更是擠不出任何聲音，這件事給我的衝擊太大，我此刻只想到保健室逃避一切。

經過福利社，闕馳赫甚至特地買了一罐熱可可給我。

這只讓我的心臟更絞痛，因為我必須明白，這份溫柔是屬於裴妮淵的。

我一進保健室便逕自選了張床位，快速蓋上棉被。

「妮淵，妳還好嗎？」

「我沒事，睡一覺就會好多了，你快回去上課吧。」我轉身背對他，用力閉上雙眼。

「好，那我下一節再來找妳。」

待他的腳步聲漸漸遠去，我終於不爭氣地掉下眼淚。

我的嫉妒心總是濃烈得異於常人，我沒辦法接受關馳赫身邊有任何女孩，更何況親眼目睹他的溫柔投注在另一個女孩身上，我以為上回看見他摟住其他人時，那種痛苦和失望已經是極限，此刻的崩潰卻不斷突破新高。

說實話，我曾經下定決心要破壞關馳赫的每一段感情，但是萬萬沒想到，他還是找到辦法和另一個女孩交往了，而這個女孩，是我的雙胞胎姐姐……

此刻，知道他和妮淵正在交往，心中竟然萌生了想趁機替妮淵和他分手的壞心眼。

我用力搖搖頭，試圖驅散自己的邪惡，妮淵此刻會躺在醫院裡，都是我造成的，我怎麼能有任何想對她不利的意圖？

然而，難道代替她和關馳赫親暱就是對的嗎？

我真的不知道。

我在漆黑的棉被堆裡啜泣著，彷彿這麼做就能用黑暗掩蓋住被喚起的記憶，最終，只是狼狽地吸著鼻子，孤獨喘息。

而那被我努力埋藏在心底的記憶，卻利用著這黑暗，清晰的放映。

國三那年，我第一次遇見他。

那時，我儘管有些叛逆，還不至於被形容為「學壞」。

因為正值寒冬，氣溫只有十度左右，我記得非常清楚，那天下午我翹課了，為的是去搶三點準時開賣的限量版麻吉兔大娃娃，身為一個忠實粉絲，就算得花掉一個月的零用錢，我依然不經思考就衝出校門了。

抱著珍貴的麻吉兔娃娃，我選擇了近路，走市郊的大橋回家。

大橋上除了馬路來來往往的行車，更醒目的是不遠處大橋正中央的三位不良學生，霸佔了人行道。

明明看上去和我差不多年紀，他們身上穿的卻是全黑衣褲，由於我就讀的國中也常常有類似打扮的男孩，我立刻便聞到危險的氣息。

尤其是站在正中央的男孩，身材足足比其他人高了十公分以上，看上去就不好惹。

我不禁頓住腳步，打算繞路回家。

然而，在我正打算轉身離開時，他們卻邁開步伐朝我奔來，那神情猙獰得嚇人，甚至有人拎著棍棒。

「臭女人！有種不要被我逮到！」

我愣了幾秒，確認他們的雙眸的確是瞪著我後，一緊張便也傻傻地全力狂奔。

然而，我一個十五歲的女孩，怎麼可能比得上發育健全男孩的速度？

「站住！」

我完全不明白他們如同追殺般衝向我的原因，但因為恐懼打亂了理智，甚至沒發現前方橋梁的圍欄因為倒塌待修而圍起封鎖線，不僅闖入封鎖區，更一不小心失足跌出人行道，垂直朝橋下墜落。

從那數十公尺的高度墜橋，如果撞到河床內的大石塊，一定性命不保，就算幸運點落入水中，寒流的十度低溫也會拖緩游泳自救的速度。

我永遠記得那種受到地心引力主宰的感覺，還有落入湍急的河流那刻，水溫的刺骨和身軀打在河面的撞擊力，我當場被河水嗆昏。

後來我才知道，我會溺水是因為死命抱著麻吉兔大娃娃，導致自己無法漂浮到水面。

*

當再次睜開眼時，我躺在河岸的人工水泥地，天色漸暗，是染著金黃的薄暮。

我身上蓋著一件深藍色大外套，渾身像是被空氣壓制住般沉甸甸的。

而一旁有兩個人，一位非常美麗的女孩，還有剛才追殺我的其中一位男孩。

看見他，我嚇得彈起身，往後縮了好幾吋，女孩趕忙握住我的手，示意我冷靜。

「真的很抱歉，我哥哥害妳摔下橋，還溺水了。」女孩的聲音細緻得驚人，柔美圓滑，「我是關玥寒，他是我雙胞胎哥哥關馳赫。」

關玥寒，她就像名字一樣美，外貌是冰山美人，一開口卻又溫柔迷人。

我瞅了眼那個叫關馳赫的男孩，他目不轉睛地盯著我，神情肅穆，和方才的兇悍截然不同。

他全身濕漉漉的，沒有披著任何外套，任風吹拂。他向我如道歉般地點了下頭，又繼續直勾勾凝視著我。

「我哥哥會在那裡是因為原本想教訓一個霸凌我的女孩，但因為妳看見他們後馬上掉頭走掉，所以他誤以為對方就是妳，真的非常對不起。」關玥寒仍舊愧疚，倒是關馳赫都沒有說上一句話，「我們現在馬上送妳去醫院，妳的手腳好像有被碎石劃傷。」

看見我身旁被汙泥染黑又濕透的麻吉兔，還有手上流淌的鮮血，怨念在心中蔓延著，我憤恨地別開視線，不打算說些「沒關係」或「我沒事」之類的客套話。

「當然，我們也會負起賠償責任的！妳的娃娃，還有醫藥費，我們都會出！」她懇切地又握住我的手，「如果……妳要提出訴訟……我們……」

我清了清被水嗆得發疼的喉嚨，冷冰冰地說：「我聯絡我爸爸來，讓他和你們父母談訴訟或賠償吧，我很不舒服，想先去醫院。」

「我們……是孤兒。」關玥寒難為情地說道，「我們住在附近那間孤兒院，或是……我們也能……」

我看得出她非常為難，更驚訝他們竟然是孤兒，心中不禁有些不忍心繼續這樣賭氣。

「我先送妳去醫院吧！之後那些賠償我會想辦法。」關馳赫終於開口，他起身扶住我的手肘，主動得讓人有些措手不及。

「呃……我會自己走。」我微微瑟縮了一下，不習慣肌膚覆蓋上那溫熱的掌心。

他微微擰眉，堅持道：「不行，妳現在有點發燒，頭很暈吧？」

我這才意識到從剛才就不斷湧現的灼熱感是因為發燒。

最後，我仍讓他攙扶著我到腳踏車旁，而我也永遠記得，坐在腳踏車後座能順著微風聞見他身上那股淡淡的清香，有種狂放卻又沉穩的氣息。

過了段時間再回想起這段回憶，才會明白，我感受到的不僅僅是他衣服上柔軟精的淡香，而是一併摻入了他關心我時，我依戀的那種穩重。

關馳赫一直陪著我直到抵達我家門口。

「妳計算好總損失後再聯絡我，我會馬上給妳賠償的金額。」他嚴肅的模樣讓人很難想像他剛才可是充滿流氓般的野性，「如果妳想打官司──」

「不用啦！我不會提起告訴，你們也不用賠錢，反正我不也沒事嗎？」

我平常個性不是那麼和善的，會如此大方一方面是因為同情他是孤兒，另一方面則是一種非常矛盾的感受，不知怎麼，和他單獨處在一個空間，我總會特別溫順。

「不行，妳儘管說沒關係，害妳變成這樣，我會負起責任的。」

「我哪有怎樣？我命大，現在好得很！」我朝他揮揮手，不給他任何機會反駁，「那我先進去休息了，你快回去吧！」

我一直沒有撥打那支電話號碼索取賠償，卻總是會想起他們，更是沒想到，下一次遇見關馳赫比我想像的還快。

*

為了不讓爸爸大驚小怪，我獨自支付了醫藥費，加上花了一個月零用錢買的麻吉兔娃娃也毀了，不只物質層面，我連心靈層面都深深受創，硬著頭皮開啟省錢模式。

溺水後的一個星期，我在經過早餐店門口時遇見朋友。

「妳不吃嗎？這家早餐店真的很棒欸，比附近的價位都低了五元左右，餐點也滿好吃的。」朋友點完餐後疑惑地問我。

「我不用。」我搖搖頭，儘管我的胃正在咕嚕叫。

「為什麼？妳不一向最愛吃了嗎？我可沒看過妳不吃早餐。妳該不會在減肥吧？」

我有些遲疑地笑了笑，說：「我上週不是溺水嗎？醫藥費加上我那隻破產買來的麻吉兔，我現在一天都吃兩餐而已。」

「真的喔？太辛苦了吧？我可以借妳錢啊……」朋友說話的音量忽然降低，最後默默閉上嘴，訝異地瞪著我身後。

面對她的不尋常，我狐疑地轉過身。

只見，關馳赫站在我身後，我甚至得昂起頭才能直視他。

他微微瞇起眼，似乎是聽見了我們的談話。

「祝娜，妳朋友嗎？那我先走了喔，你們慢慢聊。」朋友見狀，快步離開。

我擠出不自然的微笑，對關馳赫挑起眉，「嗨！好巧，你也這在啊？」

「妳明明錢不夠用，為什麼不跟我說？我上次在市區看到那隻娃娃，那麼貴的東西毀了，妳還不提賠償？」他雙手交叉抱胸，隱隱約約散發著流氓氣息。

「我錢才沒有不夠用，我只是沒跟我爸拿而已。」儘管言詞薄弱，我仍堅持辯解，「你真的不用賠償。」

「妳不用同情我們是孤兒之類的，我有在打工，除了院方提供的生活費外還有一筆收入。」

他無奈地勾起唇角，「我才不是什麼窮人好嗎！」

「我才沒有同情你們，我說的是真的。」也許是心虛，我稍稍提高音調。

關馳赫挑起眉，稍稍俯身向前，打趣道：「妳說妳現在一天只吃兩餐吧？妳不收錢，那我就每天送早餐到妳家門口。」

「什麼？不用啦！這樣多奇怪！」

「妳不能營養不良，否則會影響康復。妳的傷口癒合了嗎？」他的視線落在我手背最深的那道傷口。

我趕緊伸出手，亮在他眼前，理直氣壯地說：「你自己看，都快好了，我現在好得很，才沒有營養不良。」

不料，他輕輕抓住我的手，端詳著傷勢，最後蹙起眉，「妳有好好擦藥嗎？這感覺會留疤。」

聞言，我不禁顫了顫被他捏握住的手，趕緊抽離。

「你太誇張了，你自己手上還不是一堆疤！」

「那不一樣，妳是女生，怎麼能留疤？」

最後，關馳赫還真的連續好幾天在早上七點半出現在我家門口送了早餐，以及一條看似要價不斐的進口除疤藥膏。

他總是抓準我出發去學校的時間，在我家巷口等候著，甚至會陪我走到學校。

而我們會真正交心，是在兩個星期後。

那天假日，我出門去一家初次光顧的麵店買晚餐，麵店隔壁有一家修車廠，櫃檯前方整齊停放了兩排各式摩托車和檔車，後方僅有幾坪大的空間堆滿了修車器具，一個穿著全身黑的年輕男人正收拾著一整箱的減震彈簧壓縮器，我的目光掠過那沾滿黑漬的手指，最後落在他結實手臂上的刺青。
另一個剛降下千斤頂的男孩走向沙發群聚的少年，豪邁地抓起桌上的香菸包，點起一根菸。沙發的那群人，字句間都不忘帶上髒話。
這無心的一瞥，卻也使我注意到男孩當中有個熟悉的身影。是關馳赫。
他和朋友嘻笑打鬧著，正在打牌。
他迅速甩出一張牌，旁人飆了幾個髒話，無奈交出鈔票，而關馳赫則自豪地接受所有錢。
霎時，他看向我的方向，我們就這麼四目相交。
那咧開的嘴一滯。
我仍不疑有他，勾起唇角，準備和他揮手。
然而，他卻別過頭，沒有理會，就這麼讓我的手尷尬地懸在半空中。
「阿赫！人家在跟你打招呼欸。」
「你什麼時候又認識一個妹了啊？要不要介紹來認識一下？」他身旁的朋友甚至都注意到我了，還不忘提醒他我的存在。
關馳赫卻始終沒有再轉過來，只是揍了一下朋友的腹部，「別鬧了！我不認識她，你們不要一直看著人家。」
他竟然說不認識我？

也許是從小被和姐姐比較的自卑感作祟，我開始胡思亂想，擔心他是不是覺得認識我是一個恥辱，或是，我不夠格讓他介紹給朋友。

就連回家的腳步也越來越快，甚至沒有發現闕馳赫追了上來。

「裴祝娜！」

他猛然抓住我的手肘，我才停止前進。

「怎樣？你不是不認識我？」莫名的賭氣，我自己也覺得有些歇斯底里。

不料，他竟然大笑了起來，「妳生氣怎麼可以這麼好笑？」

「你說什麼？」我毫無收力，重擊他的胸膛。

「我看妳上次在橋上這麼怕混混，看到我們就拔腿狂奔，難不成妳現在想認識他們？」他沒好氣地說：「他們都是我很好的兄弟，但都不是什麼適合當男朋友的人，我不希望妳被他們色瞇瞇地猥褻來猥褻去。」

這段話帶有種威權感和受保護的溫暖，對當時純真的我灑下嚴重的迷惑。

「你跟他們還不是一樣的人？難道你這樣看著我就是可以的？」我打趣。

「我不一樣。」他出乎意料地嚴肅，目光落在我手上的傷疤，「我會負責妳的安危到妳全部痊癒為止。」

我心中一顫，感到渾身暖呼呼的。

「你的意思是，我身體好了後，你就要放我自生自滅了？」

他一愣，隨即笑道：「沒有啦，只要你需要我，我隨傳隨到。」

那時，我只沉浸在這些話的溫暖之中，沒有意識到，他那一愣，其實別有意義。

*

由於我一直不太擅長和女生做朋友，因此，後來我對關馳赫的依賴逐漸加深，甚至時常去找他。

關馳赫在河堤邊的一家工廠做非法打工，由於白天要上學，他都值晚班，總是到晚上十一點多才下班，我偶爾會利用那段空閒去找他。

某次探班，我如往常走進廠房，卻沒有看見半個人影。

「關馳赫？」我輕輕呼喚，回應我的只有回音。

我四處走著，尋找他的身影，而我每次來探班都不會攜帶手機，也沒辦法打給他。

越往廠房內部走，密閉空間盪起的回音就越令人毛骨悚然，更裡面的電燈也已經熄了。

正當我打算往回走，前排的燈卻接連關上，我的視線瞬間被漆黑填滿，嚇得反射性全力往門口跑去。

不料，鐵門卻也開始緩緩降下，就在我距離它僅有幾步之遙時，「喀」一聲徹底關上。

儘管我是沒有幽閉恐懼症，也不特別怕黑，但獨自一人被困在擺滿機械的漆黑工廠中，我一個十五歲小女孩依然是嚇得半死。
我使勁敲打鐵門，大聲求救：「有人在外面嗎？裡面還有人！欸！快給我開門——」
「祝娜？」
我倏忽閉上嘴，馬上認出那是關馳赫的聲音，加重捶打鐵門的力道，「關馳赫！快幫我開門！」
「妳怎麼會在這裡？」不過仔細一聽，他的聲音是從我身後出現的。
我猛然向後看，只見他從工廠內的儲藏室裡出來，快速跑到我身旁。
「你還在工廠裡面？那幹嘛把燈和鐵捲門都關掉？」我靠著門縫外微弱的燈光依稀看見他的輪廓，趕忙上前抓住他的手臂，微微不滿地問。
「我以為裡面沒人，就準備收工回家了，為了節省時間，我都先按鐵捲門才隨後出去的，只是剛剛有東西忘在儲藏室，才會晚了一點出來。」他摸摸我的頭，彷彿要我別害怕，「抱歉啦，妳剛剛聲音聽起來真的很驚慌。」
「真是的！看你要怎麼補償我？」
他微微一頓，「你想要我怎麼補償？請妳吃飯？還是妳想吃甜點？零食？」
「你想到的怎麼都是吃啦？」我在黑暗中翻了個白眼，「是說我們要不要先出去？這裡真的有點恐怖。」
「喔，對，妳第一次看到這裡全黑吧？」

他點點頭，按了按遙控器，鐵捲門卻發出了幾聲卡帶聲，只上升到小腿肚的高度就卡住了。

我眨眨眼，搶過遙控器，卻不管怎麼按鐵門都一動也不動。

闕馳赫低聲咒罵了幾聲，「壞了？太爛了吧？」

「呃……好像是……我剛剛把它捶到變形了。」我低聲呢喃，有些不好意思。

聞言，他大笑了幾聲，「那不就得在這裡等到明天早上了？我是沒差啦，倒是妳，妳爸會擔心吧？」

「也只能這樣了，沒事，我沒有門禁。」我心中不免小鹿亂撞，這不就代表，我可以在這個小空間和闕馳赫獨處一整個晚上？

「那妳剛剛說想要什麼補償？」他轉過頭，一臉充滿興味。

我勾起唇角，特意停頓了片刻。

「讓我親一下。」不給他反應的機會，我踮起腳尖，迅速在他的右臉頰輕輕啄了一下。

他愣了三秒，詫異地盯著我，我能感受到他被我緊抓住的手有些僵硬。

也許是從小養成的個性，我並不是太在乎愛情裡一定要由男生主動，只知道，越晚表白，只是越浪費光陰而已。

我絲毫不害臊地對上他的目光，期待著他會如何反應。

「妳……」第一次看見堂堂闕馳赫說不出話，我心中有莫名的成就感。

我昂起下巴，理直氣壯，「我怎樣？」

他輕觸自己泛紅的臉頰，被我的直白逗樂，笑了出來。

「欸你這麼一個大流氓，別告訴我你沒被女生親過？有什麼好彆扭的？」

他忍不住又笑了一聲，無奈說道：「妳真的是女生嗎？」

「當然。」我又靠近了一些，與他只有一吋的距離。

闕馳赫沒有抗拒，任由我將腦袋瓜輕輕倚靠在他的肩上，甚至輕輕摸摸我的頭。

第四章　不可思議的對戲

「妳在哭？」

一個深沉的問句將我從回憶中拉了回來。我猛然起身，驚恐地瞪著聲音的來源。是白晨邕。

他拉開男女分區的簾子，看樣子似乎是為了翹課來躺保健室。

他直勾勾地盯著我，那眼神依然是乘載了超乎我能解讀的訊息量。

由他主動搭話的舉動能推理出，他和妮淵互相認識，我這才明白那天聚餐時他為什麼會有那種反應。

他挑起眉，等著我回答。

「你看錯了。」我別過頭。

「……」

他也許是知道我睜眼說瞎話，便沒有繼續接下去。

一直到過了幾分鐘後才又開口：「妳昨天裝不認識是哪招？」

我一怔，難道妮淵不只認識白晨邕，還很熟識？因此，我不禁脫口而出：「難道我們很熟嗎？」

一向面無表情的他難得流露不可置信，他扯了扯嘴角，說：「妳今天是怎樣？連講話語氣也變得很怪。」

看來他們真的是熟識。

「我今天就……有點不舒服。」我趕忙收斂不友善的姿態。

「妳在擔心裴祝娜？」

我沒有想到自己會出現在談話中，因此懵懵地點了點頭。

「妳別太擔心她了，要照顧好自己。」他儘管面無表情，語調也平淡如水，整段話卻是直入心坎地溫柔。

我手上一整片雞皮疙瘩全顫了起來，白晨邕以往給我的印象，除了冷漠、沒良心、目中無人，沒有別的了，但他竟然講得出溫柔的關心？甚至是對妮淵？

此刻我越來越無法控制局勢了，白晨邕和裴妮淵到底是什麼關係？

「妳今天放學有空嗎？」他淡淡地問。

「啊？放學？」

「嗯，怎麼了嗎？妳有約嗎？」他說得理所當然，我卻聽得一臉迷懵。

在這險惡的交叉路上，我無助地掙扎著該怎麼回答，最後憑著女人的第六感脫口而出：

「喔……我、我有。」

「和誰？」他挑起眉。

這問題還真是考倒我了，我甚至還不清楚妮淵的交友圈有哪些名字，「我是和……呃……唐湘妍！我和湘妍約了今天要去圖書館。」

「唐湘妍會讀書？」白晨邕的眉宇間微微挑了一下。

「我們要去吃甜點！我求了好久她才答應去完蛋糕店後順便陪我去圖書館！」

「這樣啊，好。」

我在心裡用力嘆了口氣，佩服自己的靈機應變。

「那妳快休息，妳臉色很蒼白，真的沒事吧？」

我用力點點頭，真心希望他快離開我方圓五公尺內的空間，周遭的空氣都因他而稀薄了。

白晨邕拉上簾子，我的世界又陷入茫然。

這一切都和我預料的太不相同，我以為裴妮淵的世界裡只有讀書，我只需要假裝溫柔，並且認真看點書，沒想到我錯了，錯得徹底。

就如同，我當時以為關馳赫的女性交友圈裡只有我，但事實證明，我太傻了，傻得徹底。

我太自以為了解他，以為知道了他是孤兒的秘密，就等於透徹了解他這個人。

我太晚發現，他並沒有那麼喜歡我，只是我自以為的想像讓我誤以為我們與戀人僅有一步之遙。

我一直到升上高中才知道，關馳赫還有一個青梅竹馬——樓怡煦。

樓怡煦是孤兒院義工的女兒，因此從小便和關馳赫熟識，了解他、陪伴他，知道所有我無法觸及的秘密。

每次我到他的住處找他，總是能看見樓怡煦的身影。

只要是人，自然無法忍受這種妒意和醋意，而樓怡煦當然也不例外。

她總是溫柔又楚楚動人，相貌平凡，卻有股能激發男人保護慾的氣質。

「祝娜妳又來找阿赫了啊？他去打球還沒回來，妳先坐一下吧！」樓怡煦端著水杯，就像女主人般對我微微笑。

只不過，那是一種男人看不出來的虛偽。

我接過水杯，豪不客氣地暢飲一大口，「既然他還沒回來，那妳在他家裡幹嘛？」

「咦？阿赫沒有告訴妳嗎？我有時候會在他家裡過夜。」

「過夜？就你們兩個人？」

她點點頭，拉開椅子坐到我身旁，「對啊，怎麼了嗎？」

「你們不是情侶，過夜？」

「妳和阿赫也不是情侶，妳現在應該不是想控管他吧？」

我這才想到，我們雖然有那蜻蜓點水般的吻，但似乎沒有正式確認過關係。

樓怡煦啜飲了一小口紅茶，甜甜地說：「我和阿赫已經互相喜歡很久了——」

「我和他親過也摟過，妳確定不是妳一廂情願？」我輕笑了聲，也拿起水杯。

「你們親過？」她的臉色瞬間暗下，還來不及繼續說，門外便傳來開鎖聲。

只見樓怡煦猛然將陶瓷杯摔在地上，迅速撿起尖銳的陶瓷碎片試圖劃傷自己的手腕。

我錯愕地望著這明顯想嫁禍給我的舉止，趕緊回過神並不顧一切揪住她的手。

「妳會不會太卑鄙？想陷害我？憑妳這種老套的戲法？」她的力氣當然比不過我，只能被我緊緊扣在桌前，動彈不得。

不料，她卻倏忽開始尖叫：「阿赫！救我！快來救我！」

關馳赫加速衝進屋，正好看見我兇惡的面目和緊押住她的動作。

「妳們在幹嘛？」他丟下籃球和水壺，趕忙將我拉開。

「阿赫……她剛剛要打我……因、因為我說我有時候會在你家過夜，沒想到她會這麼生氣……」樓怡煦抽抽噎噎地哭泣著，臉頰在剛剛扭打的過程中多了像是被打的紅腫。

關馳赫不可置信地轉過身，嚴肅地盯著我，「祝娜，妳為什麼要——」

「你相信她說的話？這麼荒唐的話你相信？」

「我一進門就看見妳把她押在桌上，不然妳說妳在幹嘛？」

我倒抽了一口氣，努力想平撫情緒，「你親愛的青梅竹馬打破茶杯，要劃傷自己再誣陷我，我只是抓住她而已！」

「不對！阿赫！她剛剛還想拿水杯砸我，你看地上都是紅茶，你也知道我最討厭喝紅茶了，茶杯怎麼可能是我的？」樓怡煦急忙辯解，甚至用淚水博取同情。

望著關馳赫那盯著我的眼神，我彷彿能聽見心臟破碎的聲音。

他質疑我了。

我深吸了一口氣，平靜地問：「關馳赫，你相信誰？」

他攙扶著假裝柔弱的樓怡煦，沒有回應我。

我當然明白沉默背後的意義，十幾年的交情，我區區一個外人怎麼比得上？

那天之後，我一直在等他主動來向我道歉，然而，等到的只有，一星期後，慶功宴上他們倆的熱吻。

而樓怡煦果然還是太單純了一點，從來沒有人得罪我後能安然無恙。

她和關馳赫只交往了兩個星期，甚至被我逼得轉學。

我每天帶著蔣禾雅一起在她上學的路途堵人，用盡各種霸凌和欺負，樓怡煦最終消失在改恩高中。

＊

由於我和白晨邕撒了點謊，於是我被迫得約唐湘妍去甜點店。

「妳想吃甜點？」唐湘妍在聽見我的邀約後不可置信地問，「我以前約妳，妳都只說要讀書，不然就是忙著約會。」

「呃……我就突然很想吃甜食。」我甚至努力縮短每一句對話，深怕會表現得不夠柔弱。

她瞇起眼細細打量我，最後拍了一下桌子，信心滿滿地說：「妳是不是有什麼話想跟我說？」

我隨即搖搖頭，又馬上點點頭，像極了脖子抽筋。

「妳真是有很多秘密欸，還有，妳的課本是發生什麼事了？我還第一天知道妳上課會畫課本，說！妳到底還瞞了我什麼事？」她翻開課本，細細端詳。

我也想知道……裴妮淵到底還有什麼我不知道的事……

不過最重要的是，我竟然忘了這是妮淵的課本，不小心畫了塗鴉……

誰叫媽媽特地叮嚀我，妮淵上課從來不會打瞌睡，為了避免自己破功，我只能用畫畫來驅散睡意。

「妳真的畫得很好欸，說到這個，妳什麼時候要給我班聯會校慶商品的設計圖？」

設計圖……？「我明天給妳……」

「那妳明天跟我去班聯會的會議吧，我們要召開校慶的研討會。」

「可是我不是班聯會的成員吧？怎麼能參加開會？」我沒記錯的話，唐湘妍是班聯會公關，但裴妮淵可沒有加入任何校園組織。

「妳是失憶了是不是？我前幾天說了要讓妳黑箱進班聯會的美宣組，妳猶豫了很久才終於說好，妳現在可不准反悔。」

「噢……好，我沒有要反悔。」我無奈地回答。

如今最大危機是，我得在今晚趕出那所謂的「校慶商品設計圖」。

所幸妮淵的書桌上的確有設計圖，似乎是要設計徽章和紀念T-shirt，我花了一個晚上趕工，終於擠出了讓自己滿意的作品。

當我出現在班聯會辦公室，在場所有人都十分訝異，而這場面也反映出了唐湘妍的勢力，因為人是她帶的，除了副會長梁瑜海，沒有人敢有意見。

我以前就聽過梁瑜海的風評，她性格驕縱，但人脈非常廣大，身為班聯會副會長，在學校有一定影響力。

「唐湘妍，妳不知道班聯會幹部是透過面試選出的嗎？」梁瑜海神情嫌惡，極度不滿，不難猜測她和湘妍之前應該早就有嫌隙。

「妮淵設計稿畫得很好，否則原本的商品圖真是慘不忍睹。」湘妍不畏會長的質疑，反而有氣勢的優勢，「我相信美宣組沒有人反對。」

果然，所有美宣幹部都點點頭附和。

梁瑜海氣得青筋直冒，「到底妳是副會長還是我？」

「副會長又怎樣？只要是對班聯會有益，少數服從多數。」她昂起頭，絲毫不畏懼。

這時我才注意到關玥寒也在場，她也加入維護裴妮淵的行列，「副會長，湘妍說得沒錯，妮淵畫畫很好看，我們可以先看看的草圖。」

「妳們——」

「妳們在吵什麼？不是要開會嗎？」

他們的爭吵被一道男聲阻斷。

只見白晨邕不苟言笑，跨步走進會辦。

我聽說過他是班聯會的會長，不愧是會長，還能光明正大遲到。

「沒什麼，會長，我們要開始了。」湘妍連忙撇過頭，結束話題。

一旁的梁瑜海像是找到救兵，趕緊告狀：「白晨邕，你身為我們班聯會的首長，幫我評評理吧！班聯會怎麼能突然增加幹部？」

她伸手指著我，我瞬間成為全場焦點。

而白晨邕一看見我，嚴肅的神情有一絲詫異。

「因為之前會議為校慶紀念商品吵了很久，美宣組的設計也都一直得不到超過半數的支持，我才把妮淵加進來的。」湘妍趕忙解釋。

白晨邕沉默了片刻，緩緩開口：「有設計稿嗎？」

她將草稿遞給他，白晨邕看了兩眼便抬起頭說：「設計得還行，我認為沒什麼不妥。」

他一開口，副會長也就沒理由說什麼了，憤恨地轉身去開投影幕，但那充滿怨念的神情彷彿預告著某種噩耗。

「太好了，那我們開始開會吧！」湘妍露出勝利的微笑，示意我一起坐到長桌。

其實我對班聯會一點興趣也沒有，他們會議討論了些什麼，我甚至左耳進、右耳出。不料，梁瑜海因為和湘妍的仇恨，開啟了針對我的模式。

「裴妮淵！」

聽見妮淵的名字，我猛然抬起頭。

「妳上來用投影幕報告妳的設計理念。」副會長命令式指使我，還自動幫我將PTT轉換到我的設計草圖。

有沒有搞錯……設計商品還要理念？又不是美術課評分！

而湘妍也看不下這明顯的針對，起身反駁：「副會長，請問妳有讓美宣組任何人報告過設計理念嗎？」

「裴妮淵剛加入，總得證明自己的能力。」

「妳不要太過分！妮淵平時就很內向，她——」

「沒關係。」我站起身，拍了拍湘妍的肩，「只是說幾句話，我可以。」

要是真正的裴妮淵，她當然會畏懼上台，但我可沒有這個困擾，如今要解決爭吵，方法唯有妥協。

我跨步走上台，沒有正眼瞥過梁瑜海，面對她這種無賴，要是我是裴祝娜，可能會吵得比湘妍更激動吧？

「我這次設計的徽章和衣服圖案是走簡約風格，採用少女色系的漸層搭配校內特色，共有五款徽章，衣服則是復古唯美的書寫體英文字母，再做兩色漸層為底圖……」

很幸運在場幾乎每個人都頻頻點頭，流露讚許的神情。

裴妮淵果然名不虛傳，不管做什麼事，就算是黑箱當上班聯會美宣，也還是能受到眾人的愛戴。

而報告的同時，明明所有人都盯著我，不知怎麼，我卻特別容易將視線飄到白晨邕那銳利、不帶一絲情感的眼眸。

霎時，我的報告硬是被副會長打斷——

「我要妳說設計理念，不是介紹設計內容。」梁瑜海嚴厲地說，帶點天生嬌滴滴的語調，特別刺耳。

無法忍耐一直是我的弱點，平時總是命令別人的那個，如今被這般反駁，我忍不住翻了一個白眼。

這個舉動讓在場一半的人都看傻了眼，包括湘妍，她眼中除了驚訝，更多的是讚許。

我看見神情略帶怒容，起身像是要責怪梁瑜海，不過梁瑜海先一步開口了。

「妳現在是在翻什麼白眼？妳認為自己畫得很好嗎？難道妳沒發現淡粉色和藍色混搭的漸層很醜嗎？還有那隻校狗畫得四不像，社團代表物也沒有到味，我還顧及妳的顏面沒當眾指責妳，妳現在是在不爽什麼？我還覺得舊稿比較好看呢——」

「不然妳來畫。」我將手中的圖稿用力塞到她面前，居高臨下睥睨她。

梁瑜海不可置信地瞪著我，她用力拍桌，猛然起身，「妳說什麼？」

「我說，妳那麼厲害，妳來畫。」我提高音量，挑起眉。

「妳……」

她作勢出手拉我的頭髮，見狀，我俐落地扣住她的手腕，「怎樣？妳繼續辯啊，妳還想說什麼？」

「裴妮淵！妳放開我！很痛——」她的手動彈不得，直呼很疼。

我甩開她，這才注意到所有人的目瞪口呆。

毀了……我真的毀了……

乖巧溫順的裴妮淵才不會這麼暴力！說不定連梁瑜海的手腕都抓不住！更別說是讓她痛得哀嚎！

我連忙乾咳了幾聲，泰然自若地回到位置上。

會議結果當然是採用了我的設計稿，所幸大部分的人因為和妮淵不認識，因此把我剛才的暴力行為解讀成：副會長做得太過份，連一向溫柔的裴妮淵都暴氣。

當我正在收拾草稿圖時，遠遠便看見白晨邕朝這個方向走來。

我不禁一怔，加速準備離去。

但還是晚了一步——

「妳這兩天是怎麼了？」他在我面前停下，完美阻斷了我的逃生路線。

「我有怎麼了嗎？」我冷冷地反問，姑且不論要假扮客氣和禮貌，每當白晨邕露出那種微微錯愕的神情，我心裡總會特別暢快。

「……」他沒好氣地說：「裴妮淵，妳到底在演哪齣？」

對於這個問題，我還真的一知半解，我真的很想知道，不然要怎麼演才算正常。

「白晨邕，你就不能講清楚一點嗎？」

「妳叫我白晨邕？」

我全身一顫，聞見不妙的氣息，「不然……要叫什麼？」

「妳從來沒有連名帶姓叫過我。」他擰起的眉稍稍鬆下，「不過現在這樣還不錯，比以前畏縮縮好多了。」

難道他是被虐狂嗎……竟然比較喜歡被嗆的模式。

「打鐘了，我先回去上課，掰掰。」我一聽見鐘聲便趕緊開溜，和他待在一起大概只比和關馳赫輕鬆一點點。

＊

「妮淵，妳今天在會辦真的太帥了，我一直很希望有人能給那個梁瑜海一點教訓，只是……作夢也沒想到教訓她的人會是妳，以前白晨邕雖然也發怒過幾次，但從來沒對她動手過。」湘妍笑了幾聲，還沉浸在梁瑜海出糗的幸災樂禍之中。

我收著書包，唇角勾起自豪的弧度。

「妳今天是不是和男友有約？我約了玥寒逛街，先走了喔。」她背書起書包，向我揮揮手。

方才還上揚著的唇角瞬間垮下，手上的課本甚至不經意滑落了，「我？今天？和關馳赫有約？」

「沒有嗎？那是妳跟我說每個星期二和星期五都會和他出去，所以我才先約了關玥寒。」湘妍頓住腳步，神情疑惑。

原來如此……我的雙手不自覺有些許顫抖，想到要和關馳赫以「情侶」的模式相處，我還寧願去圖書館待整晚。

「他這不是來了嗎？」湘妍一臉壞笑，示意我看向窗外，「掰掰，不當你們的電燈泡了。」

她一走出教室，彷彿我的希望也一併遠去了。

望著教室外的關馳赫，我只覺得害怕。

「我們今天去吃炸醬麵吧！上次吃過那家店後妳一直念念不忘。」闞馳赫伸出手迎接我，自然而然就握住了我的手心。

那粗糙的觸感傳來了一股溫暖的電流，直通淚腺。

我真的很想大聲問，既然都和樓怡煦分手了，為什麼寧願和與我擁有一樣外貌的裴妮淵交往，而不是我。

「怎麼不說話？還是妳想換別間？」

我連忙搖搖頭，喉嚨卻如同被燒灼過般乾疼得嘔不出聲音。

唯有在他面前，我才會拿不出強勢。

「妳還不舒服嗎？」

我深吸了一口氣，迅速調適好心情，「沒有，我們走吧。」

＊

吃過飯，闞馳赫堅持要送我回家。

走在小巷子裡，視線總不自覺飄向我倆之間緊握著的手，我厭惡這樣的自己，竟然享受這種的感覺。

在我和他表明心意過後，我就失去了能這樣和他接觸的機會，此刻光明正大地被他緊牽著手，我就像情竇初開的小女孩，心中有一絲甜蜜，甜蜜之後卻伴隨著罪惡感。

炸醬麵店位在住宅區的小巷內，此刻夜幕低垂，偶爾才有幾盞路燈，路上更是沒有任何行人，這種幽靜更加擾亂我不平靜的心。

「妮淵。」闕馳赫忽然放慢腳步，神情肅穆。

「嗯？」

他猶疑了幾秒，開口問道：「妳妹妹還在昏迷嗎？」

我在心底到抽了一口氣，腦中迅速翻轉著，不斷確認他剛才提到的人是裴祝娜沒錯，是我沒錯。

「對，她還在醫院。」我小心翼翼地回答，「怎麼了嗎？」

「沒什麼。」他草草搖頭，黑暗使得我沒辦法看清楚他的表情，「不過，妳今天怎麼這麼冷靜？」

難道我應該很激動嗎？「你怎麼會這麼問？」

「所以，這是妳的答案嗎？」

又是一句超乎我智商理解範圍的話，什麼答案？他怎麼可以這樣答非所問？

因此，我沒頭沒腦地點點頭。

「好，謝謝妳。」闕馳赫勾起唇角，露出一抹好看的微笑，著實打昏我的心。

不料，他卻伸手摟住我，俯身向前，我能感受到自己小小身軀埋在他胸膛裡的溫暖，還有湧入鼻腔的淡香，摻著些許菸草味。

當我迷戀這個擁抱時，我就應該想著，他擁抱的是裴妮淵。

我不記得自己是怎麼到家的，只知道，我一回到房間，哭了一整包衛生紙。擤完最後一張面紙，我失神地坐在書桌前，感受到心裡邪惡的成分正一點一點擴增。

我忽然有衝動，想要光明正大代替妮淵當好闕馳赫的女友。

我總控制不住想著，憑什麼我必須這麼委屈，為了一個擁抱哭得死去活來？難道是我自願變成裴妮淵的嗎？

也許我的道德觀還是敗給了自私的慾望，因為，我真的好喜歡、好喜歡闕馳赫。

我發現，想愛一個人的慾望，不會因為他女友是陌生人抑或是我的雙胞胎姐姐而改變。

也許我就是……註定必須做一個反派。

*

因為被矛盾壓榨得幾乎喘不過氣，我開始翻找妮淵的房間，冀望能發現一些情書之類的信息，好搞清楚她和闕馳赫交往的動機。

偏偏妮淵因為認真讀書很少用社群軟體，也無法調閱聊天室紀錄，害得我如今只能從紙本中尋找渺茫的希望。

她的房間布置得十分高雅，書櫃或床鋪都是充滿少女心的淡粉色，就連壁紙也不脫離粉嫩風格。

床上有許多隻布偶，從拉拉熊、卡娜赫拉、Hello Kitty到史努比應有盡有，甚至連我國三溺水時毀掉的那款限量版大麻吉兔都有。

架上還布置了許多精緻的小擺設，整齊地擺放一排排書籍。

反觀我的房間，以實用為唯一目標，雜物隨意堆疊，沒有任何裝飾品，更別說是精心裝潢。

翻箱倒櫃了超過半小時，情書是沒找到，但在上鎖的抽屜中，終於挖出一本看似有線索的粉紅色日記本。

沒想到妮淵心思如此細膩，甚至還花時間經營日記手札。

然而，日記裡只記錄了些讀書心得和簡短心情，絲毫沒提到關於愛情的部分。

值得注意的只有，她在四個月多前，也就是去年七月二號，畫上一個愛心符號以及嬌羞的表情。

直覺告訴我，那是她和關馳赫開始交往的日期。

不過之後的三個多月，卻出現了許多令人不解的心情小語。

例如：「怎麼辦……」或是「誰能告訴我，我該怎麼做……」之類的求救信息。

就算我聚精會神瞪著日記，雙眸都快擠成鬥雞眼，依然摸不透那些小字背後的含意。

裴妮淵這四個月在為什麼煩惱？難道她和闕馳赫的感情並不美滿嗎？

＊

翌日，闕馳赫到附近的路口接我上學，他今天難得穿制服，只不過並沒有扣上鈕扣，如往常帶著狂放不羈的氣質。

「走吧！我幫妳買好早餐了。」他用腳踩熄菸，輕輕摟住我。

「謝謝。」

這次，我沒有瑟縮，而是任由私心假裝自己是這場感情中的女主角。

但這種幸福還是伴隨著刺痛，很多事實，並不是裝作不知道就能抹去。

「妳今天怎麼沒躲開？」闕馳赫眼中盡是興味。

我眨眨眼，「躲什麼？」

「以往只要在學校附近，妳都不敢牽手，甚至要保持一段距離，怕被看到。」這的確很符合妮淵的作風，一定不敢在路上有親密動作，「沒關係，這是好事。對了，妳這個星期六一樣會去市立圖書總館唸書嗎？」

「噢……我會啊。」我現在學會了，遇到不懂的問題，一律給予肯定句，出錯的機率會大幅降低。

「原本約好等妳讀完書我去找妳吃晚餐的，但我可能不能去了，我和朋友要去一趟台中。」

我點點頭，硬擠出微笑，「沒問題，你路上小心。」

原來妮淵還有週六去圖書總館唸書的習慣，她的生活總是非常有規律的安排好，也許去那些她固定造訪的地點，能幫助我多了解一些未解開的謎。

他瞥了眼手錶，露出浮誇的表情，「今天比較晚了一點欸，妳從來沒這麼晚過，剛剛在家裡怎麼了嗎？」

「沒有啊！」那是因為我睡過頭！要每天六點起床實在太困難，但我當然不能這麼回答，「今天早上起床時順便整理了一下房間，耽誤了一點時間。」

這是個十分符合妮淵會說出口的回答，她總是非常愛乾淨，近乎潔癖。

「這樣啊，妳上次拍給我看床鋪那堆娃娃看起來就很容易長灰塵，幹嘛不留下我送妳的麻吉兔就好？」他笑道。

「麻吉兔是你送的？」我不禁提高音量。

闕馳赫怔怔地望著我，不解地問：「不會吧？妳忘了？」

「啊……沒有啦，我記錯了，我以為你在說另外一隻。」我撒謊，乾笑了一會兒，在他看不見的角度垮下嘴角。

我確定裴妮淵沒有喜歡麻吉兔，她最喜歡的是那些粉紅色的卡通人物，房間裡有許多卡娜赫拉、美樂蒂、凱蒂貓的擺飾，唯獨麻吉兔只有一個。

但……身為本該最了解她的男朋友，關馳赫怎麼會花重金送了一隻妮淵沒有特別喜歡的玩偶？

正當我還思索著這些，不遠處兩個熟悉的身影牢牢吸引走了我的注意力，讓我暫忘了剛才的思緒。

蔣禾雅和凌空並肩走在斑馬線上，朝學校的方向前進，兩人有說有笑。

禾雅自從在去年和前男友不歡而散後，我就不曾看見她和哪個男生有說有笑，她用冷漠來避免再次受傷的可能。

她剛升上高一時，因為狂放的作風認識了一群和關馳赫同夥的朋友，更是與其中一位不良少年交往，然而，不過幾個月，禾雅意外發現自己懷孕了，男方並沒有要負責的意思，而她的家境也不允許多扶養一個人口，因此，她做了墮胎手術，強烈的生理和心理創傷使得她轉而排斥和異性發展任何可能跨越友誼界線的互動。

所幸這件事並沒有毀了她的人生，禾雅憑著強勢的氣質，沒有任何不知死活的同學試圖嘲諷或霸凌她。

好些天沒和她見面了，不知道她過得還好嗎……

第五章　失控的劇本

一日放學，因為我的成績實在和妮淵相差太多，終究逃不過被老師留下來關心的命運。因此，當我走出辦公室，天色已經暗了。

經過一整天的精神緊繃，我簡直要窒息了，不能隨心所欲地暢言，更要表現得對一切隨和，遇見不滿的事也得處處忍耐。

真不知妮淵這十七年是怎麼活過來的。

妮淵家是市郊的百坪豪宅，回家必須經過較偏僻的小徑，今天路途充滿積水和爛泥，很顯然剛下過雨，我沿著小徑旁的水溝，挑沒有低窪處的水泥地走著。

霎時，不遠處有三個女孩朝我的方向快步靠近，雖然身穿便服，但很明顯都是高中生，濃妝豔抹，個個嬌艷動人，和「裴祝娜」的風格有幾分相似。

無論我將目光落在哪一個人身上，都能正好對上她們的目光。

我面無表情地打算就當作沒看見，但事態夠明顯了，她們當然攔住了我的去路。

左邊的女孩伸出手，擋在我胸前。

我微微側過頭，挑起眉。

「裴妮淵？還想裝不認識？」中間的大姐頭語帶脅迫。

妮淵該不會是被勒索吧？很快地，我便想起這個機率近乎零，她男朋友可是堂堂闕馳赫，不可能有被欺負的機會。

在這種八加九妹面前，我實在無法繼續假扮謙卑，因此，我無懼她的威嚇，盯著她戴上紫色瞳孔放大片的瞳孔，問道：「妳是誰？」

「妳開玩笑吧？妳家這麼有錢，交代我們辦完事，想逃債？」她嗤之以鼻地撥了撥那頭柔順的褐髮，隨手拋下抽完的菸蒂。

逃債？妮淵怎麼會跟和這些不良少女有染？

「妳別以為裝無辜就能沒事，快點！錢拿來！」她的態度開始不耐煩，手插著腰，盛氣凌人。

「就是安排好了才會來找妳，別廢話了，快點！」

憑著過去的經驗，我沒頭沒腦地問：「事情都辦好了？」

「多少？」面對這種囂張跋扈，我用力嚥下氣。

「一萬啊！妳是失憶了是不是？」

一萬？一個高中生怎麼可能帶這麼多錢在路上？

「我今天沒帶這麼多錢。」

「約定好了的事，想拖？妳現在身上有多少？」大姐頭冷笑了一聲。

我快速回想了一下，回答：「大概一千。」

不料，她猛然上前揪住我的衣領，破口大罵：「妳把我們當傻子耍？當初是妳千交代萬交代要我們盡快的，現在自己毀約？」

她用力甩開我的衣領，一個重心不穩，我重重跌在地上。

而這疼痛和屈辱也如同炸藥的引爆點，將我一整天隱忍過生活的怒氣全爆發出來。

「妳現在是怎樣？」我猛然推她的肩膀，將她逼到水溝蓋邊，我此刻正好想快活地打一架，好發洩情緒，這些天都只能憋燜著野氣，筋骨痠疼至極。

她們三人全看傻了眼，但很快便意識過來。

須臾，其中一人衝向前揮拳，我敏捷地閃過，想順勢踋住她的右手臂，但不愧是經驗豐富的不良少女，她一個輕巧的翻身越過我的手，在她越過的同時，我軸擊她的背部，女孩發出一聲悶響，迅速恢復儀態，對我發動第二波攻勢。

這次是兩人一同攻擊，我很快便處於下風，另一個女孩出拳的力道驚人，猛烈落在我的左腹，我即便常打架惹事也仍痛得慢下了動作，數小時前的午餐在胃裡攪動，我踉蹌退到路旁。

「裴妮淵，我還真是看錯妳了，什麼改恩高中清新系校花？妳想逃債沒關係，我就把妳叫我們做的事公諸於世！」大姐頭手扶著患處，對我嘶吼著。

有人抓住我的頭髮，髮圈斷裂，馬尾披散開來，正巧阻隔了我的視線，我完全看不見前方，只能奮力掙脫緊緊扣住我的手勁。

四個人糾結成一團，混亂之中，我被逼到大水溝旁，一不小心失足摔進坑裡。落入泥沼夾雜汙水的溝中，黏糊糊的觸感湧入我的鞋中，更透過衣裳，沾黏得令人作嘔。更悲慘的是，我陷入爛泥的腳踝頓時爆發一陣劇痛，蔓延神經的抽痛。

我痛得當場落下眼淚，而方才的三個女孩，更是見大事不妙便逃之夭夭。

水溝距離馬路大約一到兩公尺的高度，憑我此刻腫脹的腳踝，要離開這裡根本不可能。而路上雖然不斷有汽車呼嘯而過，但偏偏沒有路人，我就算喊破喉嚨也不會有人聽見。

唯一的辦法只有打電話求救。

我急迫翻找著泡在泥水中的書包，好不容易掏出妮淵那套著粉色保護殼的手機。

然而，一打開她的手機聯絡人欄位，我不禁愣怔。

她沒有將任何人設定為聯絡人，不知是記憶力太好還是因為瞞著媽媽交男朋友，怕闕馳赫打來時會被看見。

而且我這些天完全沒有使用她的手機打電話，更不知道哪個號碼是誰。

情急之下，我隨意按下通話紀錄最近的號碼，撥打了兩通卻都無人回應。

我忍不住爆了一連串髒話，接著按下第二組號碼。

這支手機門號倒是五秒就接通，不過，聽見出聲孔傳來的嗓音，我差點沒忍住把電話掛斷。

「喂？怎麼了？我在補習。」他壓低聲音，淡淡地問。

我深吸了一口氣，眼淚全被無奈吞噬得一乾二淨，「你是白晨邕？」

「不是妳自己打給我的嗎？」他的低嗓依然平淡。

「……」是沒錯，但要我向他求救，我的尊嚴和意願都不允許！

「怎麼了？」

我摀住臉，反覆糾結著要不要開口。

「沒事的話要掛了喔，我在上課。」

尊嚴依然在我心中作祟，應是哽住聲帶。

「不講話？」我幾乎能感受到他在電話那頭擰起眉，「三、二、一——」

「等等！」我大喊，下一秒懊悔得揍了下水泥牆，卻只得到手指陣陣疼痛和腳踝的撕裂感。

「什麼事？」

「我……我摔進水溝裡了。」這句話比我想像中還蠢多了。

「妳——」

「不准笑我！」我提高音量，先一步打斷。

「啐…我是要問妳在哪？」

「我、我不知道。」這裡的路我還不熟，「路燈上有一個『語川路二段』的牌子……」

但再笨也知道，這一整條路都是語川二路。

「我馬上到。」他簡短地說。

「蛤？你不是在補習？」

「不然你打給我幹嘛？」

好像也是……

「好了，先掛了。」

手機匆匆切換成嘟—嘟—聲，我用力深吸了一口氣，試圖平緩內心詭異的躁動。

不到十分鐘，水溝上方忽然有一束橙光落下。

「有受傷嗎？」白晨邕身手矯健，迅速跳下水溝，我眼睜睜看著那雙上萬元的名牌球鞋泡在汙泥中。

還未從震驚中回神，我傻傻地搖頭，腳踝深至骨頭的刺痛又使我隨即用力點頭。

「哪裡？」他走到我身旁，這回連愛迪達襪都染黑了。

「腳踝……」我遲遲無法闔上嘴，怔怔地望著他，還有那些看來年壽將盡的奢侈品。

他快速瞅了眼我腫脹的腿，眸色瞬間暗下，二話不說，臂彎還過我的肩。

被他觸及的幾吋肌膚如同觸電般，我猛然瑟縮，尖聲喊道：「等——等、等、等一下！」

白晨邕動作一滯，面不改色地望著我。

那纖長的睫毛輕輕刷動，深邃的眼眸在路燈微光的映照下，閃爍的光芒彷彿溢出了危險氣息，高挺的鼻樑被照出一道陰影，落在無暇的肌膚上，唇瓣微微透出一道隙縫，那微張的角度充滿魅惑。

我驚恐地搖搖頭，試圖驅散這可怕的思想。

「怎麼了？」

「你——你、你要幹嘛？」

「不然妳想繼續站在水溝裡？」他扯了扯嘴角。

「你、你要用抱的？」我瞥向那精壯的手臂，心臟一陣顫抖。

他點點頭，不覺哪裡不妥。

下一秒，我整個身軀騰空被抱起，猛然上升，安穩地降落在堅硬的馬路邊。

他則單手撐住水泥地，半秒的剎那就翻了上來。

我在他看不見的角度摀住胸口，這……這不對吧？我被這麼多男生碰過，怎麼這次特別膽戰心驚？

很快地，我便明白這反常，因為——

裴妮淵可是有男朋友的人。

不過，她和闕馳赫的戀情是未公開的，白晨邑當然不知道。

「喏。」

我嚇了好大一跳，只見他把自己的外套圍在我濕透的裙邊，雙手繞過我的腰繫，迅速打好結。

我看那件外套也毀了，一定沾滿了泥土和臭水。

「妳有辦法走嗎？」他問道。

我快速點頭，「可、可以。」

「那走，去醫院。」

「你跟我一起？」我睜大眼，確認自己沒理解錯誤。

白晨邕忽然斂下眸子，幾秒後才睜開，雙手交叉抱胸，呼出一口氣，接著眼神嚴厲地瞪著我。

他這模樣看上去是怒氣成分居多，儘管不明所以，但不得不說，他生氣起來不比流氓親切，神情肅穆卻帶著冷傲，那透著寒意的眼眸，光是瞥一眼就能嚇破膽。

我屏息，一動也不動盯著他，摸不透思緒。

「裴妮淵。」三個字，說不上鏗鏘有力，卻冰冷得嚇人。

「怎樣？」我昂起頭。

「我不知道妳最近在跟我玩什麼把戲，但妳要繼續這樣，什麼事都像傻子一樣不知道，我就陪妳耗著。」

我……怎樣？

簡直委屈死我了，莫名其妙被生氣，雖然我十之八九知道他說的是態度，但我裴祝娜就是討厭白晨邕啊！再說，我怎麼知道裴妮淵對他的態度是怎麼樣？

「妳現在一句話，要不要去醫院？」

「你兇什麼啊？我叫我媽媽來接我了，不需要你！滾！」我忍不住爆發先天失調的脾氣，對他無禮地吼著。

話一出口我就後悔了，是我自己打給他的，他甚至特地翹課出來。

他的臉色深沉，緩緩頷首，「那好，我走。」

他朝著語川二段路口的起點走去，俐落戴上安全帽，騎上擋車消失在路口，我不禁感到有些愧疚，可以想像他剛剛是從路口拿著手電筒慢慢找到我的位置的。

我用力搖搖頭，我裴祝娜什麼時候有同理心了？他可是白晨邕！我討厭的白晨邕！

*

最棘手的是，分居那麼久了，我根本不知道媽媽的電話號碼，當然也沒有聯絡她來接我。來不及讓我多懊惱太久，手機發出來電的震動，螢幕顯示的又是一組陌生號碼。

「喂？」

「嫂子啊，妳要不要來接一下阿赫？」電話那頭是一個陌生的男生，擁有充滿台味的腔調。

我遲鈍的大腦轉了幾圈才適應這個稱呼，看來對方是關馳赫的朋友。

「呃……他怎麼了？」沒記錯的話，通常是男友接女友吧？尤其我現在連走路都有困難。

「他喝醉了，妳要過來接他嗎？」

聽到這裡，一肚子火都上來了，我裴祝娜還要淪落為搬運工？

過幾秒我才意識到，我現在可是裴妮淵……

「我去了可以做什麼？我又不會開車，你幫他叫個計程車就好了吧？」

對方遲疑了片刻才開口：「每次不都是妳來接他的嗎？」

我在心中嘆了口氣，「那好吧，你告訴我地址。」

叫了計程車，我忍著腳疼，一跛一跛地朝剛才男孩給的地址走去。

看見眼前的建築，我不禁愣了一會兒。

這是我以前買麵時遇見闕馳赫的那間修車廠，那時他就在裡頭打牌。

修車廠內有幾個男孩，其中一位一看見我便起身朝我走來。

「嫂子，阿赫在那裡，他現在睡死了。」

瞅著他手指的方向，我還是一樣充滿疑惑，我來這裡接他到底有什麼意義？既沒有足夠的力氣攙扶他，也不會開車。

「啊我……現在要幹嘛？」我真心狐疑，對著男孩眨眨眼。

「妳要叫醒他，帶他走啊！他酒醉時，只有妳才能『和平』地讓他醒來。」他理所當然地回答，「那我現在幫妳叫計程車，我們把他扶出去，妳再安撫他一下。」

這下我終於明白了，闕馳赫也許會失控發酒瘋。

我疲憊地斂下眸，更無法忽視腳踝那陣陣抽痛。

闕馳赫被兄弟們扶到騎樓下，途中不忘帶上幾個髒話。

我走上前，蹲在他身旁，望著那沉沉睡去的面龐，心中有幾分惆悵。

我好像還是沒有辦法接受，那好看的唇吻過裴妮淵，沒辦法接受，那麼多甜言蜜語，給予的對象從來不是我，沒有辦法接受，他此刻對我的好，全是付諸在另一個女孩身上。

計程車緩緩停靠，見狀，我搖搖他的肩。

闕馳赫翻了個身，又再度一動也不動。

這回，我使出蠻力，加重力道，使勁拍打他。

他迷迷糊糊地睜開眼，神情不耐煩，撥開我的手，又繼續陷入昏睡。

我挑起眉，提高音量說道：「闕馳赫！你給我起來！」

但他仍無動於衷。

「快起來！」

我眼角瞄見店內的男孩錯愕地望著我，看來妮淵平時不是這樣叫醒他的，但我就是裴祝娜，還是粗暴的方式適合我。

「闕馳赫！你快點給我起來！不然我要走了！」我在他耳邊大叫，幾乎使出全身力氣要拖走他。

而這回他終於睜開眼了，一對上他的目光，我不禁瑟縮了一下。

他盯著我一會兒，抓住我纖細的雙手，一個使勁，將我拉進懷裡，我猛然跌向前，一頭栽在他的胸口，腫脹的腳傷痛得我不禁哀嚎了一聲。

我想掙脫，卻被他壓得更緊。此刻我可管不了什麼少女心悸動了，我只感受得到神經傳來的劇痛肆虐著。

不料，下一秒，他卻低頭湊向我。

「妮淵……」

關馳赫猛然吻住我的雙唇，他的口中乎出溫熱的氣息，充滿濃烈的酒味，醺得我有些迷茫，啃噬般的激吻，彷彿正貪婪地攫取我的氧氣，原本輕撫在後頸的手掌順勢轉為摩娑。

「你喝醉了！」我驚恐地推開他，反作用力之大，狼狽向後跌坐在地上。

這下關馳赫終於醒了，他錯愕地望著我。

「你不要靠近我！」誰都可以，就是他不能吻我，因為，唯獨他，會讓我本該擅長玩的火自焚。

他低聲呢喃：「祝娜……」

我全身顫了一下，不敢相信自己聽見什麼。

「噢……抱歉，妳剛剛……太像她了……」關馳赫捶了捶自己的額頭，揉著太陽穴，起身走向計程車。

我仍餘悸猶存，他怎麼會……提到我？

「上車吧。」他從車門內對我說。

「不、不用，我還要去吃晚餐。」我逕自關上車門，跛著腳逃離現場。

＊

走在漆黑的小徑，我用力擦拭自己鮮紅的唇。

明明我喜歡關馳赫，但和待他在一起，甚至有親密動作，我卻覺得近乎窒息。

我突然意識到，這種抗拒不是因為道德觀帶來的罪惡感，而是，我心知肚明，這一切是屬於裴妮淵的，這妒嫉會讓幸福轉化為憤怒。

偏偏我只要一有脾氣，連自己都無法控制，因此更加想逃避和關馳赫見面。

俄頃，我停下腳步，終於低頭查看腳踝的傷勢，只見關節已經腫脹成一點五倍大，還有，那件綁在制服裙外的黑色外套，也已開始散發水溝臭味。

我甚至不顧旁人眼光，直接坐在路邊，開啟手機定位，試圖知道我現在身在何處。

有一道鵝黃光逐漸靠近我，引擎轟隆的聲響在我左側倏忽停止，留下令人慌張的靜默。

「上車。」

我猛然抬起頭，只見白晨邕面無表情地看著我。

「我不要。」我別過頭，繼續搜尋導航。

「啐。」他停下摩托車，在我面前蹲下，「我帶妳去醫院。」

我瞥了他一眼，發現那注視著我腳踝的目光冰冷，又像是摻雜了些許怒氣。

「你怎麼知道我在這裡？」

「我走後不久又繞回去，看到妳叫計程車走了和妳家或醫院不同方向的路。」他淡淡地說。

我心裡一怔，「你幹嘛要繞回來？」

「不然我要放妳在那裡自生自滅？」

「你關心我幹嘛？我怎樣是我的事。」我昂起頭，蹙著眉。

「……」他沒好氣地撓撓頭髮，神情再度流露兇惡，「妳是失憶了是不是？」

我差點想點頭，但又迅速憋了回去。

「快點，我載妳去醫院。」

我低下頭瞪著鞋尖，頓時覺得自己像耍脾氣的小孩，給他一點機會彌補對我的損失似乎也不錯。

「好吧。」

我小心翼翼地偷瞄他一眼，卻忽然對上他的視線，深邃的眼眸自帶一種勾魂的氣息，對眼的一剎那，心臟彷彿緊縮了一下。

白晨邕從摩托車坐墊下拿出一卷看起來像是剛買的繃帶，簡單為我包紮，固定住一有動靜就會抽疼的患處。

盯著他認真的面龐，我忽然有些茫然，從前看到他就心生不滿，我幾乎沒有仔細觀察過白晨邕的臉龐，這回如此近距離端詳，撇開我對他的討厭，其實那張臉真的足以養起全校大批粉絲。

「欸。」我遲疑了許久才開口。

他挑起眉，表示聽著。

「你為什麼會對裴妮……不對，你會什麼要對我這麼好？」

「妳問這什麼蠢問題？」他不可置信地抬起頭，甚至停下包紮動作。

我用力在他肩上揍了一拳，「你說我蠢？找死啊——啊——」

太過激動拉扯到傷處，我不禁痛得尖叫。

「別忘了，妳的傷口掌握在我手中。」

我趕緊做了平撫情緒的深呼吸，以免忍不住罵髒話，「你怎麼這麼討人厭啊？我真的會被你氣死。」

「討人厭？」他挑起眉，「當初可是妳……」

白晨邕突然止住，他定睛看著我右後方，並示意我轉頭。

黑暗當中，一個人影越加清楚，一直到他再前進了約十公尺，我才認出來者，關馳赫一路東張西望，像是在找什麼般，臉色十分難看。

如今一看見他，腦海中就會浮現剛才的吻，而心中的憤怒更是大於心動，只要想到他曾經那樣吻過裴妮淵，心臟就彷彿被揪住般，嫉妒交織著濃烈的怒氣，連看見他都是一種折磨。

很快地，我便猜到他找的可能是我。

「白晨邕！快點躲起來！」我用氣音對他說，吃力地挪動身軀。

我看得出他不懂這麼做的用意，但仍照做，把我拉進防火巷，躲在雜物堆後方。

防火巷本身就狹窄，被堆了紙箱和垃圾後更是擁擠，我幾乎貼在他的懷裡，加上還負傷，動彈不得。

不知過了多久，巷外幾乎沒有腳步聲，我悄悄撐起身，試圖察看外頭的狀況。

「他還在外面。」不料，白晨邕卻忽然拉住我，將我按回黑暗中。

因為腳傷，我一個重心不穩跌到他身上，肋骨狠狠撞上他躬著的膝蓋骨，腦袋則撞上他的胸膛，滑順的細髮順勢飛向前。

扶著幾乎撞斷的肋骨，我向後挪了幾吋，我敢肯定，經過這猛烈的撞擊，少說也瘀青了。

瞪著他距離近到失焦的胸口，我急促地吸了一口氣緩緩羞怯，疼痛也使得眉毛揪成一團，我緩緩抬起頭，正好深深望進白晨邕晶瑩的瞳孔。

而更令我驚慌的是，感到雙頰炙熱的似乎只有我一個人。

他的目光落在巷外，淡淡說道：「他走了。」

我頓時回神，狼狽地彈起身，故作鎮定，順了順長髮。

「所以，妳幹嘛躲關馳赫？」

我也不知道……

不知道是反射性顧慮裴妮淵和關馳赫是情侶，擔心他看見後會心生猜忌和醋意，還是，我單純不想靠近他……

我就只是希望，闕馳赫可以快點被我逼得爆發脾氣，對裴妮淵的冷漠和莫名其妙失望透頂，最後離開她。

我當然知道這種思想有多邪惡，但我也試過去享受那些親密動作、為妮淵好好假扮闕馳赫的女朋友了，我就是無法委屈自己，成全他人。

「怎麼了？」白晨邕又問了一次。

「沒什麼！只是孤男寡女在晚上蹲在馬路邊，被認識的人看見很奇怪。」

「孤男寡女？」他挑起眉，「好啦，快點，我帶妳去醫院。」

*

周末，我依循妮淵周六固定去圖書總館的慣例，一大早便背著裝滿講義的書包去圖書館準備打混。

選定了一個靠近書櫃的位置，我擺好講義和螢光筆，才發呆了一會兒就感到睡意襲來，只好起身去書櫃間閒晃。

由於剛開館，也不是段考前的尖峰時段，到圖書館的人稀稀落落，書櫃間幾乎只有我一人，甚至讓人懷疑這棟建築中只剩下我一個人。

以前只看科幻、奇幻、靈異那類較不陰柔的書，這是我第一次徘徊在圖書館愛情小說的分類區，也許看看別人的愛情故事，想像那些美好的小怦然，能彌補自己在現實中的悲切。

我的目光停留在最高層的架上，那本名為《怦然時分》的言情小說，粉嫩色的書衣充滿少女心，是我平常絕對不會接觸的類型。

我踮起腳尖，勉強碰到書背最下端。

我的身高超過一百六十五，在女生當中已經算是高的了，還真是第一次體會到矮的痛苦。

放棄一向不是我的作風，因此，我用力蹬了一下，騰空的剎那是碰到書背中部了，但仍沒成功拿下。

憤恨地瞪著那本小說，我感到渾身無力，連區區一本不到四百頁的書也要和我作對？

霎時，一隻節骨分明、微微浮著青筋的手輕鬆拿下那本言情小說。

「你找死啊？」我猛然轉過身，想瞧瞧是誰如此放肆搶了我裴祝娜中意的東西。

不料，映入眼簾的只有距離我不到兩吋的鎖骨，在未扣上第一顆鈕扣的襯衫內若隱若現，伴隨著撲鼻的男性淡香。

這種失焦的距離讓人心慌，我趕忙退後一步，卻毫無收力撞上後頭堅硬的木質書櫃。

我低聲咒罵了個髒話，一抬頭，卻對上眼前男孩那彷彿自帶電流的眼眸，恰到好處的臥蠶使得那雙眼看上去充滿魅惑。

待我被賀爾蒙脹昏的腦袋恢復運作後，我不禁倒抽了好大一口氣。

是白晨邕！

「你……」

「喏，妳要拿的書。」他挑起眉，把《怦然時分》遞給我。

我的雙頰瞬間羞紅，更能感受到滾燙的燥熱，恨不得能挖個地洞消失。

「你看錯了！誰會看這種書？」我別過頭，氣得七竅生煙，這才注意到他還和我靠得很近，「還有，你是要後退了沒？我脖子抬得很痠！」

他勾起唇角，沒打算移動雙腿，低頭望著我，彷彿自動忽略了我的話，「妳——」

「我就說你看錯了！我才不會看一大堆幻想情節的愛情小說！」我不顧一切阻斷他的話，甚至忘了這裡是必須保持安靜的圖書館。

「噓，妳想引來其他人，看見我們現在的動作？」

我深吸了一口氣，憋住怒火，免得破紀錄成為第一個在圖書館打架惹事的人。

他瞥了一眼《怦然時分》，繼續低聲在我耳畔說：「想看愛情小說，倒不如來找我。」

他口中的氣息輕輕落在耳邊，搔起一波波悸動，讓人醺然欲醉。

不過，這句話的後勁很快便打醒我，雖然白晨凱不知道妮淵有男朋友，但公然這麼說會不會太騷……

裴妮淵就算有色慾薰心的一天也不會去找白晨凱排解吧？她可是還有關馳赫這個還正值熱戀期的男朋友！

不祥的預感快速在我的腦海中盤旋，裴妮淵和白晨凱……難道不只是朋友的關係嗎？

而我卻又不能乾脆地問個明白……

我如今弄不明白，難道是白晨邕單戀妮淵嗎？但剛才的對話十分詭異，要不是他長得帥，根本就是性騷擾，更何況是對一個有夫之婦！

據我所知，白晨邕的性格絕對和「油膩」沾不上邊。

「話說回來，妳今天怎麼去坐別的位置了？」他扯開話題。

我不禁張大嘴，在心中倒抽了一口氣。白晨邕甚至知道裴妮淵來圖書總館會固定坐哪一個位置？

我遲疑地抬起頭，為了確認他是不是真的在追求妮淵，我簡直讓臉皮厚出了新高度，自戀的問：「白晨邕，你該不會是跟蹤我到這裡的吧？否則你現在巧遇我怎麼完全不驚訝？甚至還知道我坐在哪裡？你……該不會是喜歡妮——不對，你該不會是喜歡我吧？」

他愣了一秒，那神情不知是錯愕還是無奈。「是妳自己約我的。」

在那銳利眼神的注視下，我試圖別表現出震驚，但他的回答卻讓人惶恐。

「什麼？我約的？就我們兩個？」

「嗯，每周六，在圖書總館的七樓窗邊。」他面無表情地盯著我，彷彿隨時會拆穿我不是裴妮淵，「妳最近真的很怪。」

這下我好像有一點頭緒了，儘管只是猜測，但八九不離十。

那些沒有距離的相處模式、他獨屬於裴妮淵的溫柔，一切都不尋常。

「沒有啦！我只是讀書太累，有點健忘，你不要亂想。」

我不安地搓揉著冷汗直冒的雙手，為了把一切搞清楚，我豁出去了。

我深吸一口氣並閉上雙眼，抓住他的手，奮力踮起腳尖，在他的唇瓣上輕輕落下一吻。

排山倒海而來的暈眩使我差點站不穩，白晨邑伸手摟過我的腰際，輕輕穩住我，面露些許訝異。

「妳是怎麼了？終於恢復正常了？」他挑起眉。

我在心中倒抽了一口氣，立刻低下頭，以免他看見我驚惶的面容，我不禁斂下眸，彷彿這麼做就能讓黑暗抑制住心中的驚滔駭浪。

看來我的猜測是對的，他們並不是第一次接吻。

這麼說——

裴妮淵在兩個男孩都不知情的情況下……

腳踏兩條船。

＊

班聯會的會議上，我無心參與討論，滿腦子都還想著「裴妮淵」。

看起來總是柔柔弱弱、心地善良的她，竟然會搞外遇？而白晨邑撇除個性不說，他條件這麼好，竟然淪落到被蒙在鼓裡做一個第三者？

我對他除了厭惡，似乎多了一點同情。

如今想到這些，我只覺得噁心，覺得一切都令人作嘔，和裴妮淵相比之下，我覺得自己一點也不壞。

所幸白晨邕今天有事不能出席會議，否則我還真不知該如何面對他。

「裴妮淵，妳如果不想好好開會，那隨時可以滾。」梁瑜海的責罵聲終於將我從思緒中拉了回來，「妳從頭到尾都沒有在專心聽吧？也沒有一起討論。」

我沒有搭理她，只是默默將視線放到白板上那些條列。

「我在跟妳說話，不要給我擺架子。」她的嗓音趨於尖細，嬌滴滴地噘起嘴。

「我有聽到。」我現在心情煩躁得很，連開口和她爭辯的力氣都沒有。

「那妳倒是說說我說了什麼？」

我快速複誦了一次：「裴妮淵，妳如果不想好好開會，那隨時可以滾。妳從頭到尾都沒有在專心聽吧？也沒有一起討論。」

她面色難看，眼角微微抽動著，一副必定會雪恥的模樣。

「妳還知道妳自己完全沒在聽啊？看來我們有必要好好審核妳這個幹部的資格——」

「妳又怎麼知道我從頭到尾沒在聽啊？難道妳一直觀察我？那妳有比較專心嗎？」我不甘示弱地回嘴，喝了一大口水，消消火。

「妳——」

湘妍在一旁也無奈地說：「副會長，請妳不要仗著會長不在就無法無天好嗎？我們是在討論廠商，不是針對——」

「我有權督導不認真的幹部！」梁瑜海尖聲說道，接著轉向我，「裴妮淵，因為妳剛才開會不專心，我必須對妳做出懲處，所以現在幫我把沒喝完的飲料拿去倒掉並洗乾淨，珍珠記得分類倒廚餘，這是給妳的處罰。」

「梁瑜海！妳會不會太過分？妳可從來沒這樣指使過別人，再說，妳也沒有這個權力。」身為公關的關玥寒站起身，儘管聲音柔美，卻流露不滿。

梁瑜海不理會其他人的反對，緩緩走到我的座位旁，將飲料杯遞給我，「喏，交給妳了。」

我深吸了一口氣，忍一時風平浪靜，退一步海闊天空。

因此只好伸手接過杯子，不過她卻早一步放開手，飲料杯掉落在桌上，發出巨響，更是濺出了不少奶茶，噴灑在我和周圍兩位幹部的筆記本、純色制服上，她們紛紛發出驚呼。

「哎呦，抱歉，我手滑了。」她對我微微笑，眼神卻清楚寫著挑釁。

我撿起杯子，粗魯的撕開封膜，一口氣把珍珠奶茶向她潑去。

下一秒，她驚慌失措地摀著臉，不斷尖叫，一下撥掉頭髮上的汁液，一下顧及衣服上的污漬，滑稽得逗人。

「抱歉，我也手滑了。」我對她挑起眉。

有好心的幹部遞給她衛生紙，她一抹去臉上的奶茶，妝容也卸掉了大半，甚至有奶茶流進眼睛，珍珠也黏在衣服上。

「裴妮淵，妳這次太超過了，這樣會害得會議被迫停止。」其中一位幹部繃著表情對我說。

我聳聳肩，無論後果是什麼，至少當下我心情是暢快的。

然而，後果比我想像中嚴重多了。

*

「妳過來一下。」

湘妍拉著我的衣袖，雙眼緊盯著陸續回教室的幹部們，待所有人都離開班聯會辦公室，才將目光放到我身上。

「怎麼了？」

「妳，不是裴妮淵吧？」湘妍神色嚴厲地瞪著我。

我乾笑了幾聲，掩藏不住驚訝，「妳在開什麼玩笑？不然我會是誰？」

「裴祝娜。」她緩慢卻清晰的唸出我的名字，目光犀利，更是充滿自信。

「湘妍，妳知道自己現在在說什麼嗎？我妹妹還在醫院昏迷。」

「妳根本演得一點也不像。」她冷冷地說：「妮淵連頂嘴都不敢，更別說是扣住梁瑜海的手腕、對她潑奶茶，還有，妳最近每一張考卷都不及格，妮淵畫圖風格也和這次的商品不同，她其實只擅長畫可愛類型的小插圖，我早就聽說過妳裴祝娜是美術社社員，風格絕對符合這次的設計圖水準。」

我愣了幾秒，腦袋快速轉動著，思考著要先從哪一個開始辯駁。

「那是梁瑜海太過分，我才會忍無可忍——」

「好了啦，裴祝娜，我和妮淵認識兩年了，她根本不會用『忍無可忍』這個詞，因為她最擅長的就是忍氣吞聲。雖然我不清楚妳的個性如何，但也多少有耳聞妳的風評，和妳現在的舉止非常吻合，原本我還對自己的猜測感到荒唐和半信半疑，但看見妳對梁瑜海潑奶茶後，就完全確定這個事實了，所以，不管妳再繼續辯解什麼，我都不會相信。」

我退後了一步，昂起的頭也不自覺垂下了。媽媽千交代萬交代要我隱瞞好身分，但眼前的局勢實在百口莫辯，而我更是失去了繼續爭辯的勇氣和力氣，我沒想過，欺騙別人是一件如此疲倦的事。

我盯著湘妍的眼眸一會兒，最後緩緩開口：「沒錯，我是裴祝娜。但請妳不准說出去。」

她沒有做出任何反應，對於我的坦白一點也不感到訝異，那神情像是要我繼續說下去般。

我嘆了一口氣，向後靠在會議桌旁。

「妳對妮淵做了什麼？妳不是出了車禍嗎？到底為什麼會出現在這裡？那她現在又在哪裡？」她的語調轉為嚴厲，咄咄逼人。

逼不得已，我只好將相親、車禍、記者、股票的事全告訴她。

「所以，我也不想假扮裴妮淵，但我又能怎麼辦？」

湘妍有好一陣子說不出任何話，神情也複雜得令人難以解讀。

「妳的意思是說……妮淵現在還在昏迷嗎？」

我點點頭。

她像是忽然想起什麼一樣，急迫地問：「那關馳赫知道這件事嗎？」

「他不知道。」

「那妳這樣不就是背叛妳的雙胞胎姐姐？妳應該沒和他做什麼事吧？畢竟妳之前還想介入他和樓怡煦。」她的眉宇間緊擰著。

提到關馳赫和樓怡煦，我心裡總會怒火中燒，但畢竟這個祕密是否會被公諸於世，掌握在湘妍手中，我硬是嚥下了這口氣。

倒是她知道了事實，就表示我不必再獨自猜測，「妳知道裴妮淵和白晨邕是什麼關係嗎？」

「能有什麼關係？朋友啊。」湘妍一臉莫名其妙，隨手拿起飲料，喝了一大口。「我知道他們互相認識，畢竟都是風雲人物，大概都會互相認識。」

「妳知道裴妮淵腳踏兩條船嗎？」

她重重咳了一聲，接著被飲料嗆得不斷輕咳，「不可能，那比較像是妳會做的事。」

「妳說什麼？」我差點忍不住衝上前揪住她，還好理智線這回終於有回復運作，「我說的都是真的，我甚至還跟白晨邕接吻了！」

我甚至不明白，為什麼說出這句話的後勁是羞赧。

她一愣，接著激動地說：「妳瘋了啊？」

「不是我瘋了，是裴妮淵瘋了。」我也很無奈，「還有，白晨邕也瘋了，不對，關馳赫也瘋了，她身邊所有人都瘋了，簡直是一團亂。」

湘妍右手扶著額間，有些厭煩，「妳很確定？確定妮淵和白晨邕有關係？」

「他們一定接吻過，這樣沒有關係？」

「也對，她不是妳，不會和不是男友的人有肢體接觸。」

「唐湘妍！妳夠了沒有？」我終於忍不住跩住她的手大吼。

她用力甩開，輕輕別過頭，稍微整理了一下衣服上的皺褶，說道：「我說的也是事實。」

我感覺自己快憋出內傷，只能憤恨轉移話題：「所以，妳不准說出去，這攸關整個奧里亞公司和無數股東的生死。」

「知道啦！我家也是經營企業的，我懂嚴重性。」她開始收拾剛才開會的紙張，「倒是妳，妳打算怎麼做？總不能繼續和妮淵的男朋友親暱吧——誰在那裡？」

順著湘妍的視線看去，我猛然轉身，但門外空無一人。

「怎麼了？外面有人？」

「該死，剛才有一道黑影，我只能看出來那個身高應該是女生。」

我在心中嘆了一口氣，不管是誰，我只知道麻煩大了。

我歛下眸，腦中忽然自動浮現周六在圖書館那蜻蜓點水般的吻，畫面想起來還有些搔癢胸臆。

我趕忙用力搖搖頭，試圖甩開這段回憶，這是怎麼了？我對接吻的尺度明明很大的……

第六章　男配角逆襲

接下來的一周，為了準備即將到來的校慶紀念商品，我的放學時間全奉獻給班聯會了。

放學後校園空蕩蕩的，我如往常前往會辦，這次特別狼狽，奉副會長梁瑜海之命，我必須負責搬運一大疊商品預購單，然而，準備繞過轉角時，我卻不禁被眼前的景象驚呆了。

前方有一對互擁的情侶，面對我的正是蔣禾雅。

我趕緊躲到梁柱後方，再悄悄探出頭。

禾雅交男朋友了嗎？她之前可是下定決心尊崇單身主義，怎麼我不在她身邊的這段日子，她敞開心房了？

因為視線昏暗，我沒辦法辨認出背對我的那位男孩是誰。

正當我專心偷窺這對情侶時，身後卻忽然傳來熟悉的嗓音。

「妮淵，妳怎麼在這裡？」

是關馳赫。

我彆扭地別開視線，準備開溜，趕忙回答：「我正要去社辦，那我先走了喔！」

「等等。」他猛然抓住我的手，「妳這幾天完全不像妳，完全沒來找我。」

我當然不會像裴妮淵……但以我的情商，沒有動歪腦筋幫妮淵提出分手就值得慶幸了。

「我之後要請長假，有一段時間不會到學校。」

我抬起頭，深深望進他複雜的眼神。

「為、為什麼？」

他淡淡勾起嘴角，「沒什麼，就是有點事。」

「嗯，我知道了。你什麼時候回來？」

他似乎有些訝異我冷靜的反應，隨意搔搔頭回答：「大概兩到三個星期，也可能更久。」

「知道了，那你自己小心，我還有事，先去社辦了。」我轉過身，莫名的情緒連我自己都摸不透。

不料，他又叫住我：「既然妳答應不分手了，妳現在這種反應是——」

「什麼？你們要分手嗎？呃……我是說，你要和我分手？」我瞪大雙眼，雙腿有一瞬間近乎癱軟。

闕馳赫神情嚴肅地盯著我，對我這番提問必定是充滿疑惑，然而，與其說是疑惑，我更覺得那神情似乎是懷疑。

「妳這種失憶的表現，真的會讓我覺得妳不是裴妮淵。」

我的心臟失速墜毀，他……不會也發現了吧？

「當我沒問，我還有事要忙，掰掰！」我懊惱地轉身小跑離去。

如今唐湘妍光是因為了解裴妮淵就發現我的秘密，那同時了解裴祝娜和裴妮淵的闕馳赫……是不是也可能隨時會發現……

不過，所幸他要請長假了。

半個月沒辦法見到他，我應該感到難過，但是，此刻更多的心緒卻更像解脫時會有的輕鬆。

「預購單怎麼會是妳負責拿的？」白晨邕走向我，目不轉睛盯著我手上那疊厚到雙手抱不住的紙。

「你親愛的副會長命令我的。」我嗤之以鼻地說，「那就交給你囉！你看起來就是準備幫我拿的樣子。」

「梁瑜海叫妳搬？」

我用力點點頭，忽然意識到白晨邕這個會長似乎能替我報仇。

「妳這個男友是不是要幫我申冤一下？」我心裡賊賊地笑著，決心要將裴妮淵的第二個男友利用得淋漓盡致。

「我已經警告過她了，她甚至還哭了，我會再找她談談。」他嘆了口氣，接過那疊預購單，「我今天要去找廠商做最後結算，所以不會去會辦，這些我就拿走了喔。」

我有些遲疑地抬起頭，白晨邕警告過梁瑜海嗎？他為了我把梁瑜海罵哭了嗎？

不對，他才不是為了我。

我用力搖搖頭，認真就輸了，他保護的對象是裴妮淵，不是我。

*

「ＯＫ，那這次的校慶紀念商品完成度已經達百分之九十九，接下來明天校慶就能開放預購者來領取了。」梁瑜海對著留下來幫忙的幹部們宣布，她正愉悅地端詳著商品，「大家可以回家了，今天會長分配的進度已經完成了。」

我嘆了口氣，不懂自己為什麼淪落到做這種苦差事。

「妮淵！」關玥寒收拾完書包後，特地繞過來向我搭話。

「怎麼了？」這似乎是我和關馳赫鬧翻後，第一次和她說話。

「妳知道我哥要請長假嗎？」

我點點頭，神情有一絲動搖。

「我想說，雖然你們沒有公開戀情，也很低調，但妳是他的女朋友，應該知道他請假的原因吧？」

我收拾商品的動作不禁一滯，無奈地回答：「我不知道原因，不過你們是親兄妹，妳也不知道嗎？」

她微微一笑，搖搖頭，「他每次都能很容易獲准請長假，不知道是不是又和那群朋友去哪裡惹事，他也沒有告訴我。」

將最後一批徽章收進櫃中，我把視線放到關玥寒身上，她一直都給人極溫柔的印象，和最初認識她時幾乎沒有變化，只是，頭髮燙了微捲，開始會化上淡妝，變得稍稍成熟了一些。

「對了，妳妹妹祝娜，她還在昏迷嗎？」

「對，她還沒醒。」沒想到她會過問我的狀況，心中有一絲暖意油然而生。

「真希望她沒事，那我先回家囉。」她勾起哀傷的微笑並向我揮揮手。

待關玥寒走出會辦，我才注意到，辦公室裡只剩下我和會長梁瑜海，因此我加速收拾東西，背起書包準備離去。

「我也希望她沒事，否則我們班聯會的幹部素質只能一直爛下去了。」梁瑜海緩緩走到我身邊，依然昂著下顎，試圖掩蓋身高劣勢。

「妳在說什麼？」

「我說，希望裴妮淵趕快醒來，這樣妳就能滾出班聯會了！」

「我聽不懂妳在說什麼，我裴妮淵好端端站在這裡——」

她手機中的錄音打斷了我的辯解：『沒錯，我是裴祝娜。但請妳不准說出去。』

腦中快速翻轉過那天的記憶，那是我被唐湘妍拆穿時的對話。

「在外面偷聽的是妳？」我衝上前揪住她，惡狠狠瞪著她。

「沒錯，就是我，我還幸運地錄到整段談話。」梁瑜海被我加重的力道逼得不禁顫抖了一下，卻還是盛氣凌人的說：「不過妳現在也不能對我怎麼樣了，我錄到的可不只這句，所有原委都清清楚楚，這份錄音檔只要傳出去——」

「妳敢？」我對她吼道。

「我怎麼不敢？妳只要再動我一根寒毛，我就馬上發送出去。」她面露勝利的微笑，「妳的弱點現在掌握在我手中，我隨時能傳給任何人，妳再這麼無法無天，我就沒辦法保證，哪天會有誰收到這份檔案了。」

梁瑜海輕輕掙脫，滿臉笑意，踏著輕盈的步伐離去。

我雙手抱頭，無力地跪坐在地上。

我似乎控制不了局面了，我甚至不知道，像她這麼易怒的人，哪一天會忽然洩漏秘密。

*

翌日，我和唐湘妍一同走進校門。

「什麼？梁瑜海知道了？」唐湘妍難得顛覆高冷的氣質，在眾人面前大聲喧嘩。

「噓！妳給我小聲一點。」我趕緊示意她注意音量。

「還有關馳赫真的那麼說嗎？他真的說了『妳這種失憶的表現，真的會讓我覺得妳不是裴妮淵。』嗎？」

我無力地點點頭，隨手把玩著頭髮。將所有疑點全告訴她後，並不意外她會如此驚訝。

「妳覺得梁瑜海會不會已經把錄音檔洩漏給關馳赫了啊？」

「他們認識嗎？」

「當然認識，我說過吧？風雲人物之間大多數都互相認識。」

那也不排除有這個可能性，這麼一來就能解釋關馳赫詭異的行徑。

「不過，妳現在該擔心的不是這個吧？」湘妍向前傾身，挑起眉。

「不然我該擔心什麼？」

「今天是校慶運動會的第一天欸。」她小酌了一口焦糖瑪奇朵，目不轉睛盯著我，「妳知道第一天舉辦的運動賽事有哪些嗎？」

「我當然知道啊，第一天是室內賽事，我們現在不就是要去游泳池看比賽嗎？」

「妳會游泳嗎？妮淵有參加游泳比賽，而且她去年還奪下了銀牌。」

我差點沒昏倒，我不僅不擅長游泳，最重要的是，因為國中時曾經溺水過，我根本不敢靠近游泳池，學校的游泳課更是特別申請過免修。

我猛然停下腳步，驚恐地抓住湘妍的手，「缺席就行了吧？只要我躲起來就沒事了吧？」

「大會規定缺賽會記過。」

聽到這個回覆，我不禁鬆了一口氣，「什麼嘛……記過而已，我還以為有多嚴重。」

湘妍轉身拉著我繼續前進，「對妳來說不嚴重，但對妮淵而言可是非常嚴重！她從來沒被記過任何懲處，妳就替她比賽一下吧，沒得名也沒關係，她的泳衣在置物櫃裡。」

媽媽已經跟我嘮叨過非常多次，妮淵要申請的是頂尖大學，不能闖禍留下任何懲處的汙點。

我深吸了一口氣，自從溺水後，我便沒有再靠近過水池，說不定試試看也無妨。

*

然而，當我換上泳衣，站在池邊的檢錄區，我才意識到恐懼不是想克服就能辦到的。

儘管要在游泳池溺水是絕無可能的事，但只要看見那波光粼粼的水池，記憶便如潮水般湧現，那平靜的水面彷彿也成了波濤，讓人全身無力。

現場歡呼聲和加油聲隨著比賽的進行逐漸沸騰，而我想退縮的意志也越發強烈。

如果是因為正當理由而不能參賽也許就不會被記過了吧？我的雙眼快速掃視泳池周圍，最後停在場邊一處損壞的地面磁磚。

觀眾席邊緣外的角落被圍起了封鎖線，看來是年老失修的區域，有幾片碎瓦散落。

趁著選手們的注意力全放在現正熱映的賽事時，我快速衝向那片角落，跨過禁止進入的封鎖線，撿拾起一小片瓷磚碎片，閉上雙眼，在手背上用力一劃——

「妳瘋了嗎？」一道令人震懾的嗓音和劇烈的疼痛感同時讓我猛然一顫。

「白、白晨邕？」

他快速衝向我，抓起我的手，我這才注意到手背上不斷湧出的鮮血有多麼嚇人，還有……他的神情有多麼憤怒。

「我、我……」我想說些謊話辯解，但疼痛使得我連張嘴都困難。

「我帶妳去醫護站。」

我用力搖搖頭，身後觀眾席大約有幾十雙眼正牢牢注視著我們，醫護站在泳池的另一端，這麼走過去必定會變成全場焦點。

他彷彿能讀心般，馬上改口：「那去保健室。」

「運動會期間，保健室會鎖起來吧？你總不可能撬開鎖吧？會被記大過吧？」

「我會在意那種小事嗎？」

白晨邕牽住我的手，快速為我披上浴巾，不顧觀眾席不斷飄來的目光，跟裁判簡單說明狀況後，快速將我帶離會場。

所幸保健室並沒有上鎖，我坐在椅子上，怔怔地望著他專注的側臉。我的手背已有些麻痺，忽然有些後悔為什麼不劃得輕一些。

「可能會有點刺痛。」他將棉花棒沾著碘酒，輕輕上在傷口處。

我用力捶了下額心，我怎麼能把視線放在他身上超過一分鐘呢？還有，我那湧上臉頰的灼熱感也真實得太過虛幻。

「很痛嗎？」他一愣，似乎以為我皺眉是因為疼痛。

「不會。」我趕忙搖頭，話一出口，隨即又反悔，「不，痛死了，我自己擦吧。」

我搶過棉花棒，轉身背過他，再繼續盯著那張俊逸的臉龐，就怕我的雌性本能會戰勝意志。

他扯了扯嘴角，冷冷笑了一聲，替我扭開碘酒瓶蓋。

「下次不要再做這種愚蠢的行為了。」

「你說誰蠢啊？」我惡狠狠地瞪了他一眼，卻不小心讓棉花棒狠狠戳到傷口上。

見狀，他奪回沾滿血漬的棉花棒，換了新藥，「嘖，就說我來吧。」

我抿住唇，雙眼有些失焦，遲遲無法將目光從那距離只有幾吋的臉龐移開。

霎時，他正好抬起頭，瀏海掃過我的鼻尖，我不禁一怔，傻傻愣在原處，唇瓣微微發顫，如此近距離，彷彿隨時都會迎來一個吻。

不料，下一秒他卻向後退開，那唇角像是被逗樂般微微勾起，「藥上好了。」

「啐，我要去換衣服了。」我鬆開剛才緊繃的顏面神經，迅速彈起身，撫了撫羞紅又炙熱的臉頰，準備開溜。

保健室大門在我上門把時猛然敞開，我差點撞上來者，只見關玥寒訝異地發出驚呼：「喔！妮淵！妳怎麼在這？啊……晨邕也在啊？」

我轉身瞥了一眼白晨邕，他跨步走來，問道：「妳怎麼會來保健室？」

「我剛剛不小心撞到立牌，保健室比較近，想說進來拿個冰塊。」關玥寒那一貫的溫柔總自帶撫慰人心的效果，她微微嬌羞地搔搔頭。

「撞到立牌？」

「呃……我就專心在看校慶商品核對表，沒有注意到……」她有些困窘地笑了笑。

天然呆，男生最無法招架的類型。

「這樣啊，還好嗎？」

「沒事，我只是輕輕撞到而已！冰敷一下就好了。」

看見他們倆如同認識已久般的寒暄對話，我忽然感到渾身不對勁，因此，沒頭沒腦地插了一句：「白晨凱，我在外面等你喔。」

語畢，快速離開保健室。

站在室外，大約過了五分鐘，仍不見他倆出來，我忍不住將左耳貼在門邊，試圖繼續他們的對話。

不料，大門卻忽然打開，狠狠撞在我的太陽穴上。

「啐……」白晨凱打趣道，「偷聽？」

「我只是在這裡走來走去，剛好經過。」我別開他的視線，趕忙探頭，所幸只有他一人出來，要是被關玥寒看見這偷聽的蠢樣，簡直丟盡了顏面。

白晨凱撩開我散落在左臉的髮絲，「沒腫吧？撞滿大力的。」

「沒有啦！我要走了！」我躲開他的察看，箭步似離開他的視線。
「剛才不是妳自己說要在外面等我的嗎？」
我快步彎過轉角，當作沒聽見。

＊

隔天，運動會第二天的室外賽事如火如荼地展開。
我站在場邊發愣，一個月前，我報名了田徑兩百公尺的比賽，不過此刻，我只能在操場旁瞪著那空缺的第五跑道。
「妮淵？妳怎麼自己站在這裡？」關玥寒點了點我的肩膀，走路的步伐有些不穩。
「準備看比賽。」我淡淡地說，「倒是妳，腳怎麼了嗎？」
「我也不知道欸，可能太久沒穿這雙釘鞋，有點不習慣。」
「釘鞋？妳有比賽嗎？」
她點點頭，笑得燦爛，「女子兩百公尺，準備要去檢錄了，我可是從小跟我哥一起練跑，他還特地囑咐我要穿釘鞋，跑比較快。」
看起來是真的很專業，關玥寒儘管個性溫和，體育卻和關馳赫一樣，擁有優良天賦。
「不過妳平常沒有穿釘鞋練習嗎？聽妳這麼說，是很久沒穿了嗎？」

「我平常沒有特別練衝刺，所以就沒有把釘鞋拿出來穿了。」她像是忽然想起什麼般，又接著說：「對了，妳可以幫我把這個拿給白晨邕嗎？這是他的手錶，我一直忘了還他。」

接過關玥寒遞給我的手錶，那是一只名牌錶，我不禁微微擰眉，「他的手錶怎麼會在妳那裡？」

「上次他把手錶忘在我家沒拿。」

他還去過她家？

悄悄將手錶放入口袋，我斂下容，思緒久久無法清晰。

我和湘妍站在起點不遠處的場邊，關玥寒是下一組賽事。

「妳看見關玥寒了嗎？要不要跟我賭？她絕對是第一名。」湘妍挑起眉。

「我拒絕。」我瞇著眼看清起點站那摩拳擦掌的身影，「我也覺得她是第一名。」

她身旁的其他跑道還有去年的冠軍得主、甚至有好幾位是高她將近一顆頭的選手，但不知怎麼地，我卻覺得關玥寒看上去特別具有威脅力。

忽然，槍聲鳴起，起點一排選手瞬間全力衝刺，伴隨著場外激昂的歡呼和喝采。

關玥寒果然將競爭者甩得遠遠的，一馬當先衝到六十公尺線，然而，她的步伐卻有些詭異。

我仔細瞪著那有些跛的步伐，不像是腿部受傷，反而像是邁開的腳部被無形的力量束縛著。

霎時，時間彷彿放慢了，好多人尖叫，甚至是摀住眼，關玥寒向前撲倒在地，雙膝擦過PU

跑道，如同被絆倒般慘摔。

不過，她前方分明沒有任何障礙物，哪怕是一小粒砂石都沒有，倒是關玥寒身後的地面有幾個體積細小的不明物體，在陽光的照射下映照出幾束光芒。

「我的天，她後面那些該不會是釘子吧？」湘妍震驚地問，她看上去恨不得立刻跑到場中央去查看狀況。

「那是……釘鞋的釘子嗎？」我遲疑地問。

不可能吧？好端端固定在鞋底的釘子怎麼會掉了？難道是因為太久沒穿嗎？

「所以玥寒是因為釘鞋才摔倒的嗎？」湘妍難得焦急，「等等，那是白晨凒吧？」

一聽見關鍵詞，我猛然順著她的目光看去，果然看見白晨凒攙扶關玥寒起身往醫護站走去。

「嘖，他是救護車嗎？有人受傷就貼上去？」

聽見我的呢喃，湘妍不可置信地問：「妳在說什麼？」

「沒什麼，我去醫護站看看。」

我用力拍擊臉頰，試圖讓自己清醒一些，他扶了關玥寒也不甘我的事，白晨凒是裴妮淵的，不是我的。

悄悄埋伏到醫護站附近的大榕樹後方，我緊盯他倆的肢體互動。

「我說，裴妮淵啊，妳還知道要檢查辦事有沒有成功？」

身後傳來一陣慵懶的女嗓，我猛然轉身，映入眼簾的是一張有些熟悉的面孔，卻又不是印象深刻到能立刻認得的模樣。

「妳又想裝不認識？事情都成功了，妳總該給錢了吧？」她又向前逼進了一步，我這才終於認出她。

是那晚害我摔進水溝的那群不良少女的頭目！沒想到她也是改恩高中的學生。

「妳到底在說什麼？什麼事情成功？」我警戒地瞪著她。

「妳的記憶力怎麼會這麼荒唐？」她冷笑了一聲，「她腳上那雙釘鞋，是妳付錢要我們動手腳的，妳希望的事發生了，報酬也該給了吧？」

我倒抽了一口氣，我平時就算是做壞事也不會背地裡做些卑鄙的陷害，裴妮淵付錢指使她們做了這種事？

「我就看妳還能裝蒜多久，我隨時能向關玥寒揭發妳是幕後主使者，妳就等著瞧吧！」女頭目在我面前吐了口痰，準備離去。

「等等！」我趕忙抓住她的手肘，無奈地問：「多少？」

她勾起唇角至一個滿意的微笑，「這樣才對嘛！一萬。」

我無奈地從錢包掏出所有錢，卻只夠償還兩千一百零七元，「喏，我現在身上只有這些，剩下的之後再給妳。」

「啐。」她不客氣地接過現金，細細數了一會兒，「七千八百九十三加上利息兩百，給妳一個星期準備，沒給我的話，我準備昭告天下妳做的事。」

茫然地瞪著她的背影，我感到頭暈目眩。

好個裴妮淵，她究竟還能多荒謬？

＊

傍晚，回家途中，我難得接到「裴祝娜」的手機來電的電話，自從祝娜車禍昏迷的消息傳開後，只有媽會用這個號碼聯絡我，而她公事繁忙，自然鮮少打給我。

「喂？」

「祝娜，妳今天有去補習嗎？」電話那頭傳來媽媽的聲音，有些匆忙，不難想像是利用百忙撥出的空閒打來的。

我毫無猶豫便回答：「當然沒有。」

「唉……我已經幫妮淵跟補習班請假好幾次了，補習班甚至打來關心好多次了，妳這樣是想露餡嗎？」

「光是每張考卷都不及格就已經露餡了。」我獨自聳聳肩，「妳打來就是為了唸我嗎？我都快到家了，晚個幾分鐘唸也沒關係吧？」

「不是啦，我是要說，我和妮淵的爸這兩天去海外出差，所以今天妳自己待在家喔！有需要我叫表姊去陪妳過夜嗎？」

「當然不用！」爸媽離婚後，我從來沒有再見過那一邊的親戚，獨處會有多尷尬啊？

「那妳要鎖好門，掰掰囉。」

我和妮淵不同，個性比她獨立許多，媽媽也才會這樣放任我。

一掛斷電話，我才意識到大事不妙。

我今天早上沒有帶鑰匙出門！

由於還不習慣妮淵家各種繁瑣的感應門鎖，我常常都是按電鈴進門的，自然沒有帶鑰匙的習慣。

打開妮淵的手機，聯絡人依然空空如也，我抱頭蹲在地上，自從和她交換身分後就不斷刷新我倒霉的紀錄，究竟還有多少晴天霹靂？

通話紀錄裡那不勝枚舉的電話號碼中，我唯一認得的只有上回掉進水溝時撥打過的那通電話——白晨邕。

而我也無法求助「裴祝娜」手機中的那些聯絡人，更不可能在保全設備嚴密的狀況下翻越圍牆回家，錢包裡所有錢甚至全部用在償還裴妮淵的債務，種種因素都指向了同一個令人難堪的結論：打給白晨邕。

最終，我仍敗給了顏面，不斷說服自己，他是裴妮淵的男友之一，給些幫助也是合情合理。

這是我第一次覺得撥打電話的等待聲是那般難熬，冀望他接通，卻又有些膽戰心驚。

「喂？怎麼了？」

聽見這熟悉的低嗓，我不禁渾身一顫。

「欸……我忘記帶鑰匙了。」

「什麼——」

「我爸媽去出差，他們臨時說的，我身上也沒有錢，你不許說我笨！」我一口氣解釋完一切，不接受任何嘲弄。

電話那頭傳來一聲輕笑，「那妳希望我怎麼做？」

「你、你沒有辦法嗎？」我好像不自覺習慣了，遇到困難就有白晨邕出面解決，甚至沒想到此刻打給他，他也無從幫忙。

「辦法倒是有。」我幾乎能想像到他勾起唇角的模樣，「我去接你。」

「嗯，我在家門口。」

掛斷電話，嘟嘟聲瞬間奏起不規律的心跳。

我用力捏了把頰邊肉，無法釐清這紊亂的心緒是怎麼一回事。

站在白晨邕家門前，我不禁有些愣怔。

上回來此地，撞見箇甯的外遇現場，才開啟了之後一連串荒謬事蹟。

而上次太過專注偷窺，我還沒有仔細欣賞過這棟高級大樓的奢華裝潢。

建築內部裝潢採洛可可風，柔和的淺色調搭配上抽象火焰形、貝殼形、花邊曲線的細緻雕琢，在柔金色水晶吊燈照映下顯得特別高貴，牆上甚至有幾幅油畫，如同置身於法國美術館般不真實。

果然，他是簡甯大明星和白煥大企業家之子，家中設計自然是充滿富豪的品味，這奢華程度比妮淵家更浮誇。

「你……爸媽不在家嗎？」兩位我都見過，要是同時存在那必定是濃烈的尷尬。

「不在，我媽去外景拍攝，我爸出國出差，沒記錯的話，應該是和妳父母一起。」白晨邕邊收拾鞋櫃邊說道，「不過我很訝異，妳會答應來我家。」

我不禁一怔，也對，妮淵是一個接受保守教育的人，倒是我，從來沒有感情進度太慢的問題，恨不得直接省略那些煩人的曖昧。

換上室內拖鞋，我繞過天鵝絨沙發，將書包放在桌上，細細觀察牆上的油畫。

「那我要睡哪？你家有空房嗎？」因為我爸爸曾是這裡的警衛，沒記錯的話，我聽他說過，B棟大樓都是四房兩廳的格式。

「沒有。」白晨邕到流理臺倒了杯水，「我父母出門會將主臥室上鎖，扣除我的房間，只剩書房和收藏室兼儲藏室，都沒有床鋪。」

我瞪了他一眼，搶過他手上的水杯，暢飲了一大口，「那就是你睡客廳我睡你房間了，ＯＫ吧？」

「雖然不知道妳最近怎麼突然像是變了一個人，開始會頂嘴了，不過這樣很好。」白晨邕挑起眉，忽略了我提出的分配方案。

「欸，你還沒回答。」

我伸手向他出拳，他一個俐落轉身便完美閃過，拿下一條乾淨的浴巾並遞給我，「快去洗澡吧，臭死了。」

「你——真是氣死我了——」我深吸了一口氣，強迫自己身在別人的主場必須忍耐，最後只好故意刁難道：「我要玫瑰香氛的沐浴乳和白麝香洗髮精，喔，對了，洗面乳要保濕抗敏感的，還有，保養品必須是專櫃品牌的化妝水、精華液、乳液，一樣都不能少！」

白晨邕面無表情地看著我，幾秒後輕笑了一聲，指了指其中一個房間，「妳去儲藏室找吧，保證應有盡有，我媽每天都收到成堆的公關品，什麼味道的洗髮精和沐浴乳都有。」

我氣急敗壞地別過頭，迅速躲進浴室，刁難不成，反而悶出了內傷。

*

洗完澡，我不斷端詳著鏡中的自己，那件Oversize的男版白襯衫長及大腿中部，還不斷飄散出專屬於白晨邕的柔軟精香氛，讓人有些頭暈目眩。

拿起換下的盥洗衣物，我突然從運動褲口袋中摸到了異物，這才想起，早上關玥寒交給我這只手錶，白晨邕落在她家的手錶。

「白晨邕！」我魯莽地撞開他的房門，只見他正在算著一本物理講義。

「嗯？」他瞥了我一眼，又繼續快速動筆。

我將手錶扔在他面前，名貴的錶帶發出與木板書桌擦出的撞擊聲。

「怎麼會在妳那兒？」他拿起手錶，將它放在檯燈下。

「你說呢？你猜是誰拿給我的？」

他的眉峰挑起小幅弧度，「關玥寒？」

「對，她說你忘在她家了，請我轉交給你。」我朝他靠近了幾步，居高臨下睥睨他。

「妳這是在吃醋嗎？」他沒好氣地說，起身牽起我的手。

突如其來的肢體接觸，我猛然一顫，故作鎮定地說：「身為女朋友，不是本來就該控管一下了嗎？」

「我不是跟妳說過了嗎？關玥寒是我的青梅竹馬。」他勾起唇角，讓我覺得自己有些蠢。

不過……關玥寒是他的青梅竹馬？

關馳赫和關玥寒可是孤兒院出身，怎麼可能認識出身富豪家族的白晨邕？

「她是我很重要的朋友，只是朋友。」他認真地凝視著我，我感到雙頰一陣熾熱。

「那你怎麼會去她家？」

「我是去找關馳赫。」他扯了扯唇角。

那……其實闕玥寒也沒有說錯，只是我自己發揮了過多想像力。

「不過……你們是怎麼認識的？」我小心翼翼地問，畢竟我不知道裴妮淵是否有問過相同的問題。

而白晨邕的反應明白告訴我了，裴妮淵從來沒有問過，完全出乎我的意料。

他讓我坐到床邊，轉過椅子面向我，「我在十二歲以前，是和他們一起長大的。」

「你也是孤兒院的孩子？」我摀住因為吃驚而無法闔上的嘴，瞪大雙眼望著他。

他點點頭，「我還沒跟別人說過呢，我一直在想妳哪天會問我這個問題。」

我一句話也說不出來，因為，這些高貴的裝潢、顯赫的家世以及優秀的能力都讓我打從一開始便認定他是有錢人家的孩子。

「我媽，也就是簡甯，她在我十二歲那年去孤兒院領養孩子，選了我，我才會變成新聞媒體所敘述的明星之子。」

我搓了搓手心，終於吐出一句話：「那、那你親生父母……你不知道他們是誰嗎？」

「當然不知道。」他的唇角勾起一個苦澀的笑容，「院長說，我在一個月大時就被送到那兒了，比闕馳赫他們都還早。」

「所、所以，你才會這麼尊敬你媽嗎？看到她外遇也沒說什麼，因為對她有恩情？」

『別那麼沒禮貌，你快進屋吧！別插手媽媽的事。』

還記得那天，白晨邕看上去欲言又止，最後卻還是不發一語離開現場，沒有牴觸簡甯。

「妳怎麼知道我媽外遇？」白晨邕微微蹙眉，手勁也在無意間加重。

我倒抽了一大口氣，趕忙別開視線，故作鎮定，「啊那個啊……是裴祝娜告訴我的啦！因為我爸爸被炒魷魚了嘛，她跟我解釋原因時說到的。」

我絲毫不敢對上他的視線，手心也有些發汗。

「噢，說到妳爸爸，我也很抱歉。」沒想到他竟然低下頭，語調也不可思議地溫柔，「我那天是第一次跟我媽大吵，畢竟我知道那位目擊的管理員是妳爸爸，但她還是打電話給保全公司的高層要求開除了。」

我怔怔地望著他，緩緩開口：「你……你跟你媽大吵了嗎？你要她不要開除我爸？」

「嗯，當然要阻止，畢竟有錯的人是她，怎麼了嗎？」

用力搖搖頭後，我反射性握住他的手，輕聲說：「謝謝你。」

「謝什麼？」他笑了一聲，摸摸我的頭。

那我一直以來都誤會了……

雖然他面對我的質問時，態度無禮又目中無人，但是，我從來沒想過，他為了這件事和簡甯吵架，更擅自將他們歸類為同一種人。

「好了，時間不早了，妳也累了吧？快去睡吧。」白晨邕關上檯燈，並從儲藏櫃中搬出一條棉被。

不過，他卻朝門口走去。

「你要去哪？」

「當然是我睡客廳。」他挑起眉，「晚安，需要什麼隨時跟我講。」

一直到他離開房間，我的心臟還是亂無章法的跳動著。

*

躺在白晨邕的床上，我忽然有些迷茫。

我好像，第一次這麼久沒有想起關馳赫。

從前，一早醒來，我會想到，被困在工廠的那日，一睜眼就是他的臉龐，吃過早飯準備出門時，我會想到，他曾經每天都出現在我家門口，只為督促我好好擦藥，並堅持送我去上學，進入改恩高中，我會想到，我們的教室就只相隔幾棟樓，一放學便能見到他燦爛的笑顏。

還有，一看見操場，一看見籃球，我就會想到，慶功宴那天，他在眾人面前吻了樓怡煦，在眾人面前選擇了別的女人。

伴隨而來的，是我對樓怡煦做過的種種暴行，我和一群不良少女堵住她回家的路，我狠狠揍過她白皙的臉蛋，我誣陷她偷了同學的錢包，更不堪的是，我故意在她面前吻了關馳赫。

我一直都沒有告訴過任何人，真正逼走樓怡煦的，也是因為一個吻。

那天，放學後，我早一步到關馳赫家裡，算計好樓怡煦進門的瞬間並強吻他，我永遠記得，她那還印著我揍過的瘀血的臉龐上，在見到這一幕之後，那心痛的神情。

也許今天的一切都是報應吧？讓我用這種方式知道，關馳赫又交了新的女朋友，甚至深刻地體會，他是怎麼寵別的女孩，是怎麼吻別的女孩。

我每天都是在這種煉獄般的記憶中活過來的，生活的每一部分都和他有關，都和我犯下的罪刑有關。

然而，這幾天卻是例外。

我一直到現在，才發現關馳赫似乎在我的記憶中消失一段時間了。

淡淡的木質香氣暈擴至鼻腔內，不自覺中，我的淚水竟然落在這柔軟的棉被上。

我爬下床，悄悄打開房門。

客廳的吊燈已經熄了，落地窗透出外頭柔和的微光，白晨邕蓋著那件有些薄的棉被，側躺在甚至不足他身高的沙發上，深邃的輪廓有些勾魂。

悄悄蹲靠在沙發旁，我靜靜地凝視著這好看的臉龐。

不料，他卻忽然睜開眼睛，「怎麼不睡？」

我嚇得向後跌坐在地，趕忙浮著長桌起身。所幸燈光昏暗，他不會看見我頰上的紅暈。

「怎麼了？」他的神情有些無奈，彷彿我很傻一般。

「你、你說，需要什麼隨時來找你。」

「喔，對，怎麼了？你要喝水嗎？還是棉被不夠？」

他單手撐起身，我這才注意到，白晨邕的肩膀很寬，還有些厚實。

「沒有不夠。」我搖搖頭。

他挑起眉，「不然呢？你需要什麼？」

「我需要你。」

有那麼一瞬間，我的世界是靜止的。

他緩緩向前傾，在我的唇瓣上輕輕一吻，再慢慢後退了一吋，伴隨一陣微微溫熱的氣息。

觸及那溫暖的剎那，彷彿也開啟了我「裴祝娜」的封號。

我隨即湊向前，再度貼上他的唇。

有那麼一瞬間，我的世界是迷茫的。

我很輕鬆便忘掉，眼前的男人是我雙胞胎姐姐的男友。

第七章　崩塌的真相

「所以，妳跑去白晨邕家裡過夜了？」唐湘妍手上的餐具滾落到餐廳桌上，發出響亮的巨響。

「嘖，傳聞明明說妳很高冷的，怎麼會遇到我就那麼容易大驚小怪？」我趕忙拉住她，示意她小聲點。

她潑開我的手，眉宇間緊擰著，「是妳真的太荒唐了，我平常才不會大驚小怪。」

「荒唐的是妳親愛的好友裴妮淵，我還是第一次體會何謂兩個男朋友，這些東西都是她搞出來的。」

「然後妳就趁機喜歡上其中一個，這樣？」

「沒錯。」我大方承認，面無表情地瞪著前方，「我也不知道算不算喜歡啦。」

湘妍倒抽了一大口氣，「哇，妳還真的承認？裴祝娜，妳怎麼——」

「噓！」我阻斷她的碎唸，「話說，妳知道裴妮淵和白晨邕是什麼時候在一起的嗎？」

「我連他們在交往都不知道，想到妮淵腳踏兩條船就覺得很荒謬。」

「告訴妳更扯的，她還付錢雇用不良少女。」

我簡單將那群混混和關玥寒釘鞋的事告訴她。

「不可能。」

這是湘妍聽完一切之後的發言，她果斷地搖搖頭，「該不會其實全部都是妳做的吧？然後妳還嫁禍給妮淵？我怎麼會相信妳的話？妳可是裴祝娜。」

「妳要這麼說我也不意外，我本來就不是什麼好人。」我冷笑了一聲，「但妳該清醒了，我說的都是真的。」

她仍搖搖頭，眼神卻有一絲鬆動。

我在高級餐廳內抬起腿，跨到她身旁置物的架子上，上次跌進水溝的疤痕在鞋邊清晰可見，「這就是那些不良少女害我掉進水溝的證據。」

她一直沉默了很久，才再度對上我的眼神。

「好吧，我不想管妳們了。」湘妍別過頭，過了一會兒又說：「對了，妳知道下禮拜要去露營嗎？我看妳好像都沒在讀班聯會幹部的群組。」

「露什麼？」

「露營啊，班聯會的慣例，每年校慶結束後都會舉辦三天兩夜的露營慶功。」

「我也要去嗎？」

她點點頭，「當然，雖然梁瑜海很反對，但白晨邕是會長，她當然吵不過。」

聽到這，我不禁在心中微微一笑。

＊

吃過晚飯，和湘妍道別，一走上街，我便接到白晨邕的電話，如今就算妮淵的手機沒有將這組號碼設定為聯絡人，我也能一眼辨認出來電者。

「喂？」

「妳在哪？要不要一起吃晚餐？」

「好啊，我在學校附近的便利商店。」儘管我此刻胃脹得隨時能吐，還是一口答應了。

「等我一下，我馬上到。」

我站在人行道上靜靜等著，不過五分鐘，便看見他出現在馬路對面，那顯眼的身高十分好辨識，等著過馬路的行人中，他是最清晰的那一個。

忽然，有個身著別校制服的女孩走向他，遞了手機，如同搭訕一般和他搭話。

幾秒後，號誌轉為綠燈，他指了指我並微笑向女孩不知說了些什麼，便跨步朝我走來。

正想暗自欣喜，混亂便突然爆發，右邊轉角突然衝出一輛摩托車，毫無減速地彎過轉角，直逼白晨邕的方向。

他在第一時間便察覺異狀並停下腳步，然而，右半身依然擦撞到車頭，在速度的猛烈衝擊下，跌落在地上。

他的手肘滑過水泥地，留下一片血漬。

「白晨邕！」我丟下書包，全力衝向他。

有些路人嚇得尖叫，更有幾個人慌忙圍上前想給予協助。

不料，後方車輛來不及剎車，以時速四十以上的高速迅速靠近。

來不及多做思考，我不顧一切衝上前，用力閉上眼，張開雙臂擋在他面前。

周圍所有嘈雜在那一瞬間全爆發為寂靜，一陣猛烈的力道從後方貫入我的側身，伴隨著深至骨頭的劇痛，我向前撲倒在白晨邕身上，腳踝更是以十分不符合人體工學的角度折傷。

疼痛順著神經衝上腦袋，淹沒了我的意識，一陣混亂襲捲了思緒。

「裴妮淵！妳瘋了嗎？妳醒醒！喂……」

我只聽見他對我焦急地吼著什麼，隱隱約約感受到小小身軀被厚實的雙臂圍繞著，接著黑暗便迅速鑽入我的雙眼。

＊

我在救護車上便醒了過來，所幸昏迷只是因為驚嚇過度和過於集中的疼痛所致，我真正有明顯傷害的部分只有腳踝，而因為是二度傷害，才會更加劇疼痛，使我的眉頭幾乎從頭都緊蹙著。

走出急診，我的腳有些跛，全身也有些疲累，雖然傷處需要包紮著靜養幾天，但對我這種年輕人而言是非常小的傷，除了須忍耐刺痛，並無大礙。

「裴妮淵。」白晨邕快步走向我，他身上只有幾處擦傷，不過神情卻十分震怒。

我對他咧嘴一笑，「哎呦，我沒事啦，我命大，撞到我的那台車在最後一秒有急煞，也沒有傷到什麼重要的地──。」

霎時，他上前摟住我，頓時阻斷了我的話。

靠在他結實的胸膛，我忽然有些鼻酸。

「我完全沒想到妳會衝上來，下次不要再做這種事了，好嗎？」他輕撫了下我的髮絲，在我耳畔輕聲說道。

也對，這不像裴妮淵會有的行為，妮淵很膽小，一直都是被小心呵護的角色，這種衝上馬路的傻事非常不像她的作風。

「裴祝──裴妮淵？」

我猛然轉身，正好看見媽媽錯愕地愣在轉角。

我趕忙從白晨邕地擁抱裡抽離，撥著髮絲故作鎮定，「嗯？媽、媽，妳怎麼了？」

「是醫院聯絡妳家人的。」白晨邕面無表情地說，「那妳們聊吧，我先離開。」

媽媽對她露出一個禮貌又親切的微笑，確定他離開聽力可及的範圍後，抓住我的手到一旁的等候席坐下，恢復浮誇的神情。

「祝娜……妳、妳跟白煥的兒子認識？在交往？他知道妳是裴祝娜嗎？」她仍然睜著大眼，顯然最後一個問句才是她最在乎的。

「那是妮淵——」我頓時止住聲帶，突然想起如果被媽媽知道妮淵有男朋友，她大概會被強迫分手，便馬上改口：「是我用妮淵的名義跟他交往的，他不知道我是裴祝娜。」

「那就好。」她鬆了一口氣，「好好把握，有助於我們兩家的投資關係。」

媽媽難得露出非官方的笑容，翻臉快得令人措手不及。

「我聽說妳車禍，還好嗎？」

我點點頭，「好得很，沒什麼大礙。」

「好，那我去辦個手續，妳在這裡等我。」

語畢，她便掛著愉悅的笑容快步離去。

*

露營當天，我的腳傷還不算痊癒，整整三天必須在野外活動，對我而言是一大噩耗。

露營地位在郊區的山坡，我不記得自己是怎麼混過白天的，完全沒有共同參與活動，更是連其他幹部的名字都記不起來，玩桌遊時只能不發一語。

天色漸暗，我最不想面對的環節也來臨了。我們十八位幹部總共有四個帳篷，男女各分成兩個，分組方式則是抽籤，換句話說，我有二分之一的機率可能會和梁瑜海同組。

結果證明，我就是天生帶著霉運，女幹部十人之中，我的組員正好有梁瑜海，而相較之下最熟識的唐湘妍及勉強算認識的關玥寒都和我不同組。

待在帳篷裡的每一分每一秒都令人難耐，我坐在角落冒著殘害眼睛的風險，在黑暗中滑手機，只為想辦法無視其他四人。

她們正在打牌，這帳篷的配置是那般完美，四加一，我就是多出來的那位，無法讓撲克牌分配得整除。

「裴妮淵，光線這麼暗滑手機，眼睛不痛嗎？」梁瑜海在打牌之餘不忘戲弄道。

我冷笑了一聲，「妳擔心自己就好了。」

「要不，我們就別排擠妳了，這局輸的人換妳上來替補。」

其實，裴妮淵還是很有人氣的，其他三位幹部看上去欲言又止，卻又無法反抗梁瑜海。

我迅速起身，冷冷丟下一句話：「不用了。」

一離開帳篷，我便有些後悔。

山上的低溫不容小覷，加上夜晚氣溫又驟降，但我的顏面又不允許自己回帳篷拿厚外套。

「妳今天心情不太好啊？」白晨邕從帳篷中走了出來，手上拿著一件外套。

「跟那個梁瑜海同帳篷，我心情會好嗎？」我沒好氣地說。

「我記得妳以前對人都逆來順受的，除了梁瑜海，怎麼？妳終於有點脾氣了啊？」他將外套披在我身上，忍不住勾起唇角。
我瞪了他一眼，「你是會長，能不能幫我調動一下？是不是該發揮一下你的權力？」
「特別寵妳這樣有失公平，還是妳考慮看看公開我們的關係，那事情就好辦多了。」他挑起眉。
「那有什麼問題——」我一直都是個熱愛放閃的人，不過，裴妮淵可是尊崇低調，更何況她還腳踏兩條船，「不行，當然不行。不過，你怎麼知道我在帳篷外？還多拿了一件外套。」
「當然是偷聽了一下。」他微微一笑，我們的帳篷就在隔壁。
我將尺寸明顯過大的黑色外套穿好，「那你要不要幫幫我？我不想回去那個有梁瑜海的帳篷。」
「那就別回去了。」
「什麼？」
「就一整晚別回去了。」他牽起我的手，往樹林走去。
「你瘋了啊？會冷死！」
白晨邕挑起右眉，輕輕放開我的手，「那妳進去帳篷吧。」
「算了算了……」我抓緊他的手，不情願地別過頭，「走吧。」
我絕對沒看錯，他勾起了一個有史以來最大幅度的微笑。

夜裡的樹林散發陣陣詭異，沒有光害，也沒有任何人為嘈雜，我們只靠著手機微弱的燈光前進，彷彿這個世界裡只有我們兩人。

「白晨邕，妳不覺得這裡有點奇怪嗎？」我不自覺勾住他的手，卻又不願表現出那一點點膽卻。

「當然奇怪，因為這裡已經不是露營地範圍了。」

「什麼？」我猛然停下腳步，「那我們豈不是隨時有可能會踩到什麼懸崖就跌入山谷，就算沒摔死也不會有人發現嗎？你在搞什麼？我寧願回去和那個梁瑜海窩在一起。」

「沒那麼誇張，妳等等就不會這麼想了。」他淡淡地說。

我警戒地眼觀四方，這種杳無人煙的樹林彷彿隨時都會有野生動物衝出來，四面寂靜，只聽得見鞋底踩過碎葉的窸窣聲。

我清了清喉嚨，恢復鎮靜，「你要去哪啊？」

「應該快到了。」

「你該不會要在樹林裡做些什麼吧？」我故意對他賊賊一笑。

他笑了一聲，「那妳現在要後悔也來不及了。」

我忍不住在他看不見的角度捶了下額頭，克制自己別太隨心所欲。

「妳的腳傷還沒痊癒，如果會痛隨時要告訴我。」白晨邕放慢了一些速度，轉身望著我。

「沒事啦，就算會痛也不能怎樣，你要揹我走嗎？」我對他一陣壞笑。

「好啊，還是妳要公主抱？」
我抓住他的手臂，作勢要跳上他的背。
「欸，這裡差不多可以了。」他停下腳步，示意我看向前方。
抬起頭，我不禁發出驚呼。

*

層層樹影之外，是平原上都市的夜景，一幢幢天柱般的高樓拼湊成唯美的天際線，鵝黃色為主調的燈光暈透著淨白和煙藍，繽紛的燈火像夾帶珠光的顏料在夜闌中潑撒下金黃，夜色如同畫布染上暗紫，白紗般的薄雲朦朧著柔媚而含蓄的仙氣。
就像是在未沾染過煙塵的山林中靜靜眺望城市裡絢麗的燈火，繁華和幽靜只有一線之隔。壯麗的夜景在我心中蕩起一波波激昂，每天身在都市裡，那些繁雜的霓虹燈也許鋒芒刺眼，甚至有些惱人，然而從另一個遙遠的角度觀看，在未刻意安排設計的狀態下，燈火卻以最燦爛的方式靜靜閃爍。
好像，再怎麼粗俗惹人厭的人，在遙遠的一方，依然會有人看見他的美。
「漂亮吧？我上網都快把GOOGLE的頁面翻完了，才查到一篇小遊記的私房景點。」
我望向白晨邕，忽然覺得有些鼻酸。

「不用太感動。」他微微一笑，輕輕握住我有些冰冷的手心。

「別擔心，我才沒有感動。」我低下頭，讓身高差距遮掩住我口是心非的神情。

低溫寒風的吹拂下，我卻一點也不覺得冷。

我好像很久很久，沒有感受到這種溫暖了。

爸爸對我很好，但他一直都忙著工作，早出晚歸，我們住在同一個屋簷下，但有時候甚至一整天不會見到面。禾雅對我很好，但她終究是個有過傷痛的人，在她笑著的同時，我們之間總會瀰漫著淡淡的哀愁。凌空對我很好，但他只是在看見我的第一眼，被男性賀爾蒙沖昏頭。

剩下的人，好像都很討厭我。

我就是一個邪惡的存在，就連此刻的溫暖，都是披著別人華麗的外衣，苟延殘喘得到的。

就算是假的又如何，至少，我在夢裡也幸福過了。

「白晨邕，謝謝你。」我抬起頭，深深望進他的眼眸。

就算不是真的，但在我最失落的時刻，他讓我短暫找回了快樂。

「有什麼好謝的。」他勾起唇角，眸中的寵溺彷彿都能溢出眼眶。

我笑了出來，眼眶的淚水有些超載，不滿地微微噘起嘴說道：「你現在對我那麼好會讓人很想親你……」

他挑起眉，眸中的深情表露無遺，「這樣很好嗎？身為一個男朋友，這還只是前菜。」

「當然很好。」我擰起眉，「再配上那張帥死人的臉，要我以後怎麼捨得離開你……」

他托起我的下顎，用一個輕吻堵住我的唇。

「誰說要讓妳離開了？」

我再度忍不住笑了出來，淚珠順著灼燙的臉頰滑下。

他的手掌繞過我的耳畔，捧住後腦勺，另一手則還過我的腰際，俯身向前，我閉上眼，完整感受那微熱的觸感在唇邊落下。

「你、你們……」

一個柔弱的女聲和物體掉落的聲響中斷了這個吻。

我猛然睜開眼，向後退了一小步。

只見闕玥寒撿起手電筒後，眼神驚恐地在我和白晨邕之間快速游移。

「你們、你們怎麼……」她再度開口，彷彿失去聲音般，嘴唇輕輕顫動，卻擠不出任何話。

白晨邕向前跨了一步，面無表情地說：「我和妮淵在交往，一個月了。」

闕玥寒倒抽了一口氣，用力摀住嘴，神情閃過我無法理解的複雜。

我知道她一定會難過，一定會心痛，畢竟她暗戀著白晨邕，我當然看得出來如此明顯的行為，不過，裴妮淵和白晨邕在交往是事實，也不是我能決定的。

想到這，我的心不禁一顫。

闕玥寒是闕馳赫的妹妹，她當然知道裴妮淵和闕馳赫是情侶……

「晨邕……你不知道吧……」關玥寒不可置信地瞪著我，那眼神既是憤怒又是哀傷。

來不及阻止她繼續說下去，白晨邕便先一步問：「不知道什麼？」

她指著我尖聲喊：「裴妮淵她和——」

「關玥寒！」我厲聲朝她吼道。

不過，她沒有理會我，「裴妮淵和我哥關馳赫在交往，你不知道嗎？」

這段話落在寂靜中，我歛下眸。

「妳這是什麼意思？」我不敢去看白晨邕的表情，因為，我不想看見他受傷的模樣。

「就是你聽到的這樣，我哥和她已經交往四個月了！只是為了避免裴祝娜從中破壞，一直都保密著沒公開！」關玥寒一口氣吐出所有事實，最後嘆了一口氣，「晨邕……我不想看見你被蒙在鼓裡——」

「知道了，謝謝妳告訴我。」他的語氣異常平靜，卻不知道其中承載了多少強隱下的情緒，「妳先回帳篷吧，我想和她單獨談談。」

關玥寒猶豫了一會兒，最後狠狠瞪了我一眼，轉身離去。

她一走，我的世界彷彿也斷線了。

我仍蹬著腳邊的落葉，那枯燥又乾癟的葉片，輕輕一碰就會粉碎，就像此刻的我，沒有餘地。

「裴妮淵，妳為什麼不說話？」這平淡的語調更令人心慌，淒涼又彷彿隨時會爆發，「她說的都是真的嗎？妳和關馳赫在交往？」

「我……」我怎麼一句話都說不出口……我擠不出任何一個幫裴妮淵欺騙他的藉口……

「妳無話可說嗎？」白晨邕提高音量，他跨步走向我，用力搖著我的肩，「妳面對我時怎麼能那麼若無其事？深情得就像眼中只有我一人。」

他冷笑了一聲，我終於抬起頭，映入眼簾的只有一張面無表情的臉龐，那種淡漠更令人心碎。

我想給他安慰，想牽牽他的手，想輕輕抱抱他，「白晨邕，我──」

他撥開我的手，在我耳邊說道：「妳走吧，我不會再喜歡妳了。」

瞪著他揚長而去的背影，我跌坐在地上。

他總是那麼逞強，一定很難過，卻什麼都沒表現出來，明明被劈腿應該有滿腔怒火要宣洩，他卻只說了短短幾句話，把情緒都憋在心裡。

然而，這短短幾句話，明明不是對著我說，我卻難受得近乎窒息。

我的腦中不斷浮現他那冷漠到沒有一絲起伏的神情，那無神的雙眼明明下了沉痛打擊，卻看起來是那般空洞。

為什麼要傷害這麼好的一個人……

要有多大的痛，才會讓一雙本該明亮的眼眸暗下了色彩、失去了生氣……

左胸口不斷暈闊起痠疼，我用力搗著心臟，這代表，剛才是我和白晨邕的最後一個吻。

雖然遲早要分開，但我從來沒想過這麼快，從沒想過會是在這種情況下，從沒想過，分離時，他望著我的眼神會溢出失望。

＊

如果我以為，雨過會天晴，時間會沖淡當下的痛，那就錯得澈底。

「欸，裴祝娜，妳怎麼都不出來？妳要睡到幾點？我們幹部們都已經進行好幾個活動了。」唐湘妍拉開只剩我一人的帳篷，在我身旁坐下。

「反正我也不認識那些人，出去了也只是無聊。」我翻了個身，瞥了她一眼。

一看見我的臉，湘妍罵了幾個髒話，「妳的眼睛是怎樣啊？怎麼可以浮腫成那樣？都快變一條線了。」

我皺了皺眉，發現自己難以舒展有些麻痺的顏面神經，只好爬出睡袋，伸展一下痠痛的筋骨。

「所以妳到底是怎麼了？感冒？」

「昨天白晨邕發現裴妮淵劈腿了。」

還來不及看到湘妍震驚的反應，我的手機便顯示了來電的震動，確切而言，是「裴妮淵」的手機。

這是第二次有人打進這支電話。

「喂？」

「妳不知道我是誰嗎？」對方的聲音有些熟悉，透過傳聲筒大大降低辨識度。

而湘妍的表情也同樣是沒有頭緒，看來並不是她們的共通友人。

「不知道。」

「妳不知道？」

「妳沒講我怎麼會知道？」我忍不住爆粗口，飆了幾個髒話，「老娘現在很不爽，妳要馬快點講話，不然就掛斷電話！」

湘妍忍不住笑了笑，呢喃著：「還有押韻……」

「好啊，我看妳也不能囂張多久了，我叫妳一個星期內把錢交給我，過八天了，所以……我當然按照承諾把妳指使我的事留傳給某人了，應該快了，應該很快就會有人來討公道了。」

「妳是那個頭目？」

我的表情頓時僵掉，過八天了嗎？我竟然把這件事忘得一乾二淨！

「妳告訴誰了？」我急忙追問。

對方冷笑了一聲，緩緩說道：「白——晨——邕，那天帶關玥寒去醫護站的那位，我想他應該很在意她吧？我看妳是完了。」

霎時，帳篷門簾被扯開，白晨邕滿臉怒容地走到我面前。

手機從我手中滑落，我怔怔地望著他。

「裴妮淵，原來妳還瞞著我那麼多事？」他將自己的手機遞給我，螢幕顯示著一張截圖照片，顯然是女頭目和妮淵之前的聊天紀錄，也就是她要求付錢陷害關玥寒的證據。

湘妍上前擋到我面前，盛氣凌人地說：「白晨邕，那是——」

眼看她有可能說出我是裴祝娜，我急忙拉住她的衣角，示意她別說了。

「這件事也是真的嗎？真的是妳做的？妳要那些不良少女陷害關玥寒？」

我嘆了口氣，罪證確鑿，我還能說些什麼？

「好，我知道了。」他冷冷瞪著我，「裴妮淵，妳永遠都不要出現在我面前了。」

語畢，他頭也不回地離開帳篷。

我垂下雙手，揉著隨時會爆炸的太陽穴。

「看他什麼都不知道的樣子，還真的有點好笑。」湘妍嘲諷道，「這就是妳衰了，妳就祈禱妮淵快點醒來吧。」

「我想再睡一下，妳出去和他們進行活動吧。」

「都什麼時候了妳還睡得著？白晨邕現在可能在哪裡和關玥寒甜甜蜜蜜喔。」她再度揶揄。

我鑽進睡袋裡，扯了扯嘴角，「有沒有人說過妳講話有點討人厭？」

「當然有。」她聳聳肩，「妳自己也一樣，沒資格說我。」

*

傍晚，我終於踏出帳篷，一整天沒進食，難免有些暈眩。

我蹲在湘妍旁，乏味地烤著肉片，看見那鮮紅的豬肉慢慢在鋁箔紙上轉為淡褐色，飄出陣陣撲鼻的香氣，爆出鮮嫩的汁液，最後再褪成焦黑。

「欸，烤焦了啦。」湘妍沒好氣的說，伸出夾子將烏黑的豬肉片夾起，換上一片新鮮的生肉。

「有什麼關係？它待在垃圾桶裡可能還比被吃掉幸福一點。」

「妳在說什麼啊？」

「不用忍受被撕裂的痛。」

她扯了扯唇角，翻個白眼並說：「妳是白癡吧？」

一抬起頭，卻看見關玥寒小跑向白晨邕的畫面。

她拿了一大罐可樂，扭開瓶蓋卻爆出一連串泡沫，噴得她自己全身都是，惹得他露出笑容，還為她擦掉沾上衣服的飲料。

「別看了別看了。」湘妍將我的頭轉正，「不要給我上演什麼失戀悲情劇，我自己感情也不怎麼美滿。」

「欸，妳說，男生是不是都喜歡那種傻傻的笨蛋？」我沒頭沒腦地問。

「第一，白晨邕一直到昨天都沒有喜歡關玥寒，第二，關玥寒不是笨蛋。」她啐了一聲，「妳看妳自己講話也挺討厭的。」

我自體本能忽略了她的最後一句話，「我是說，妳看裴妮淵也是天然呆、傻白甜，白晨邕才會喜歡她。」

「才沒這回事，我不是傻白甜也不是天然呆，我也是很多人追的。」湘妍挑起眉，並將所有烤到恰到好處的肉片頰上盤子。

我翻了個白眼，但她這麼說似乎也沒錯，唐湘妍真的非常受男生歡迎。

「這裡的肉片烤完了，妳去保冰箱拿新的，我不放心給妳烤這些肉。」她將手邊最後一批豬肉夾入烤盤。

我簡單應了一聲，拖著沉重的步伐，走到帳篷後的儲藏區，搬了幾盒豬肉片。

然而，卻因為一整天沒吃飯而有些血糖不足，一瞬間暈眩了一下，手上的幾個盒子全散落一地。

我趕忙蹲下身，狼狽地一一撿起，一個熟悉的身影經過我身旁，猛然抬頭，正好對上白晨邕的視線。

「晨邕，我這裡的原子柴沒辦法生火欸，你能不能幫我一下？」關玥寒的聲音從我看不見的另一頭傳來。

他不發一語的看著我，最後轉身走掉。

我只能眼睜睜望著他這麼離去。

「妳太依賴他了，妳不能習慣遇到困難就有他來幫忙。」我對自己咕噥著。

不過，心中卻有濃烈的不甘和醋意不斷加劇，連地上的細沙看在我眼裡都礙眼。

「裴祝娜啊，妳怎麼會蹲在地上？」梁瑜海奸細的聲音蕩入我耳中。

「少來煩我。」還在氣頭上，我惡狠狠地說。

只見她從保冰箱裡又拿了少說十個盒子，一口氣扔在我手上，「多拿一點回去吧，不知道的人看到還會以為妳偷懶呢！」

我站起身，瞇起眼瞪著她，「妳好手好腳不會自己拿？」

「我就是針對妳，怎樣？」她漸漸靠近我，人小志氣高。

「妳現在別來惹我。」

她故意撞了下我的手，手中所有物品又再度掉落，受氣一整天，我終於也忍無可忍，正好能將怒氣發洩在梁瑜海身上。

「妳現在是怎樣？」我將她纖細的手臂反扣到背後，「妳可不可以滾！我真的看到妳就渾身不爽！」

我甚至開始不可理喻，產生了一切都是梁瑜海害的想法，如果不是因為她和我分到同一個帳篷，我也不會獨自到外頭吹冷風，然後，和白晨邕上山看了夜景，被關玥寒撞見。

她痛得開始尖叫：「啊——妳瘋了！快放開我！很痛——」

俄頃，我的手被用力從她身上扯開。

「妳夠了沒有？」是白晨邕，他鬆開我的手，怒瞪著我。

一滴淚水奪眶而出，我轉過身，快步離去。

*

入夜，當我盥洗完畢，準備回到帳篷時，又十分巧合地在洗手台遇見梁瑜海。

我在鏡前梳理頭髮，沒有瞥她一眼，卻不斷察覺她的目光毫無遮掩地落在我身上。

最後看了一眼鏡中眼皮浮腫的自己，我匆匆想離開她的視線範圍。

「裴祝娜。」她甜甜的笑著。

我一臉狐疑地瞪著她，完全不打算收斂厭惡的神情，「妳又要幹嘛了？」

「怎麼是這種反應？真無趣。」她微微嘟起嘴，為自己晶瑩剔透的肌膚塗抹上精華液。

實在不懂梁瑜海的反常，我淡淡地說：「不要因為剛才白晨邕幫了妳就暗自得意，妳這樣看起來真的很蠢。」

「妳說我蠢？」她忍不住輕笑，「在我看來，妳現在有夠傻。」

蓋上瓶蓋，她捧起自己的換洗衣物，踏著輕盈的步伐離去。

梁瑜海儘管一直都很荒唐，但她從來沒有說過我傻，我仔細端詳著鏡中的雙眸，該不會是因為這浮腫的眼皮吧？

一轉身，我愣了足足三秒，才別開視線跨步向前走。

白晨邕不知道何時站在我身後的不遠處，面無表情地盯著我。

「站住。」

我猛然一顫，隨即當作沒聽見，加快腳步。

然而，他卻上前拉住我的手腕，用那迷人的低嗓說：「我們談談。」

「有什麼好談的？」我想掙脫，卻敵不過他的手勁，只能任憑他將我帶入林中。

往營地反方向走了幾公尺，白晨邕才停下腳步，轉身面對我。我能感受到他和剛才的梁瑜海一樣，不斷盯著我，但我偏不正視他。

「妳為什麼不早說？」他的語氣毫無起伏，接著又呢喃般念念有詞：「也對，妳也沒辦法說……」

「我怎麼可能說？說我有兩個男朋友？」我又不是真的傻。

「不，我說的是，妳為什麼不早點說，妳是裴祝娜。」

論我從出生以來接受過最高等級的驚詫，只有國三從大橋上掉進河中能稱冠，畢竟是到鬼門關走一遭才撿回這條命的，不過，我卻覺得和此刻相比都微不足道了。

『現在已經沒有退路了，妳只能繼續當裴妮淵，直到妮淵平安醒來。絕對不能讓學校任何人知道，就算是朋友也一樣，尤其是白晨邕。』

尤其是白晨邕。

媽媽急切的叮嚀在我的腦中重新翻演了一次。

我深吸了一口氣，開始垂死掙扎：「你……你在說什麼啊？我怎麼會是祝娜？雖然我們長得一樣，連每一個五官之間的距離都沒有一絲一毫的差別，眉毛、眼睫毛的濃密都一樣，身高一樣，聲音也一樣，但完全是不同人，講話語調不同，個性也差很多的——」

「沒錯，個性真的差很多。」他冷冷地說。

臉部肌肉停滯了一秒，我擠出一個燦爛的笑容，「是吧？所以你知道自己現在說這些有多不切實際吧？」

「就像妳現在的語調很明顯就是裴祝娜。」

我開始乾笑了起來，「你是不是昨晚吹冷風燒壞腦袋了？怎麼講話變幽默了？你平常就是一個很無聊的人，今天很反常欸。」

「妳是不是每天都燒壞腦袋？妄想這樣永遠不會被發現？」

我深吸一口氣，原地轉了一圈試圖冷靜下來。

最終宣告失敗，我開始失控大吼。

「我說你！不要講那麼荒謬的話好不好？我說我是裴妮淵就是裴妮淵！我們兩個血型一樣、身高一樣、體重一樣，裴祝娜躺在戒備最森嚴的病房裡，你也沒辦法拿到她的DNA證明我們誰是誰！」

白晨邕慌不忙地拿出手機，開始播放錄音。

「梁瑜海傳給我整段錄音，妳還有什麼藉口能辯解？」

我怔怔地瞪著他，頓時啞口無言，有股熱氣不斷衝上腦門。

『妳只要再動我一根寒毛，我就馬上發送出去。妳再這麼無法無天，我就沒辦法保證，哪天會有誰收到這份檔案了。』

該死的梁瑜海！該不會因為我下午輕輕折了一下她的手臂，就不小心符合「動她一根寒毛」的標準了吧……

就這麼乾瞪眼將近五分鐘，我才如同洩氣一般跌坐在地上。

「怎麼？妳承認了吧？從妳媽和我爸的飯局開始，之後的裴妮淵一直都是妳。」

接下來的五分鐘，我再度讓空氣凝滯於靜默。

一直到我感覺到蚊蟲在我手臂上留下刺癢的痛覺，才吞吞吐吐地開口：「你……你不問我為什麼嗎……還有，你不生氣嗎……」

「錄音裡面，原因、事發經過、苦衷全說得一清二楚。」他的語氣平靜如水，顯得我像傻瓜一樣，「還有，也說到妳發現裴妮淵腳踏兩條船的事。」

提到這件事，我不禁打了一個哆嗦。

「抱歉，明明劈腿的不是妳，還對妳胡亂罵了一通。」

我眨眨眼，不敢相信自己用裴祝娜的身分，從他口中聽見了道歉。

「還有，陷害關玥寒的也不是妳。」

這段話又讓我打了一個冷顫，我低下頭把玩著地上的石子，一句話也說不出來。

「我不會跟任何人說這件事，也告訴過梁瑜海不准再洩漏出去，所以，妳起來吧，不用擔心。」白晨凱向我伸出手。

我睜大眼望著那節骨分明的手指，猶疑了幾秒才輕輕搭上，熟悉的溫度竄起一陣陣電流，讓人有些鼻酸。

重新踏上堅硬的地面，我終於直視他的雙眸，彷彿又回到我一開始認識的白晨凱，那眼神中的訊息總是複雜得令人無法釐清。

這是不是代表……我們要變回陌生人了？

「既然妳不是裴妮淵，那我們就互不相欠了。」他平靜地說，我一刻也無法將視線從他的雙眸中移開，「那以後……就恢復成原本的關係吧，妳是裴祝娜，我是白晨凱，我們互相不熟識。」

妳是裴祝娜，我是白晨凱，我們互相不熟識。

我在心中默念了一次又一次，悲傷的酸楚哪怕是一點點，也沒有減少。

「好了，妳快回去帳篷休息吧，明天還要早起。」

看見他準備離去，我與生俱來過剩的勇氣再度發威，我猛然拉住他的手，跑到他面前，擋住了去路。

「還有什麼事嗎？」

我深吸了一口氣，掙扎著是否要開口。

「怎麼了？」

「那個……我覺得有必要追究我們做過的那些肢體接觸。」親自說出口還是有些尷尬，但我仍睜大眼望著他。

「……」他瞇起眼，「和我接吻應該不需要補償吧？」

我發出荒唐的笑聲，真看不出來他臉皮這麼厚。

「妳果真名不虛傳能和任何人有肢體接觸，那些深情款款都很真實。」

「你在調侃我嗎？名不虛傳？」我不可置信地撐開眉毛，「什麼叫深情款款很真實？那本來就是真的了！」

白晨邕的眸中明顯閃過一絲詫異，還有一點點……笑意？

我不自然地扯了扯唇角，「好了，很晚了，你快回去帳篷休息吧，明天還要早起。」

見他沒有移動腳步的意思，我拍拍僵硬的臉頰，調頭逃之夭夭。

第八章　充滿悸動的陌生人

翌日，是班聯會露營的最後一天，也只剩下一個活動項目。

「既然沒事了，妳總該好好參加露營活動了吧？今天要做的是尋寶。」唐湘妍一邊端詳著剛發下的地圖，一邊說。

「尋寶？妳們都十七歲了？會不會太幼稚？」

「所有活動流程都是歷年來的傳統，是好幾屆前的學長姐就訂下的，連場地布置都是高三退休幹部負責的。」她翻了一個白眼，「妳果然不適合參加社團活動，難怪只有蔣禾雅一個朋友。」

「唐湘妍！」我嘆了一口氣，放棄追究，畢竟和她吵簡直沒完。

她微微一笑，「走，我們趕快找到這些指定物品就能結束了，找到最多的有兩千元獎金。」

我看了眼任務規則，指定物品都用白色束口袋裝著，藏匿在營區裡的各個角落。而獎金有兩千元，的確是個不錯的動力。

一轉過頭，我便看見不遠處的白晨凒，他隨即別開視線，和其他男幹部一起走進山林。

此刻我的心情是有些麻痺的，怎麼也忘不了他昨晚的那句話。

『以後就恢復成原本的關係吧，妳是裴祝娜，我是白晨豈，我們互相不熟識。』

我當然不會那麼輕易就放棄一段感情，只不過，如今我什麼都不是了，一切似乎必須從頭開始。

我和湘妍沿著營地的河流進行找束口袋的任務，我一直都有很敏銳的眼力，不過一小時，便找到了六個，足足是她的六倍。

而既然意外地有機會拿到兩千元獎金，我對這項活動也多了一點興趣。

「我們休息一下吧，妳都不累嗎？甚至爬樹，只為了一個小袋子？」

「才不是為了一個小袋子，是為了兩千元。」不久前平白無故被女頭目坑走了兩千多元，這是個好機會賺回那筆錢。

才剛說完，我便看見溪流旁的石縫間露出一小部分的紫色布料。

「那裡還有一個。」我朝著湘妍說，「給妳撿吧，免得妳變成全幹部中最落後的。」

「嘖，虧妳還有良心。」她踩上有些濕潤的大石頭，「學長姐怎麼會把目標物藏在這種地方？這也太難拿了吧？」

「也許是為了增加難度。」我探頭瞥了眼石縫中的紫色束口袋，的確放得很隱密，如果想拿到，必須趴在大石上，將手探入下方的凹槽。

或者是，做出一些犧牲，踩到河流淺水區，就能輕易拿到。

「妳可以嗎？我來吧。」湘妍本身就是高冷氣質型的女孩，很顯然這超出她能力所及的範圍。

「我們不要這個好了，這麼難拿，不要也罷。」

「那是妳自己太虛弱的問題，我拿得到。」

她微微瞪了我一眼，不情願地跳下大石頭，「妳拿到還是算我的，行吧？」

「知道啦。」

我沒好氣地笑了笑，輕輕一蹬便躍上大石塊，接著小心翼翼地將左腳踏入河水中，緩緩的水流從我的腳踝邊順流而下，我忽然打了一個哆嗦。

儘管只是小水流，卻緊緊和國三那年溺水的記憶綁在一塊兒。

「欸，裴祝娜，妳不要逞強欸，如果拿不到就算了。」湘妍略為擔憂地在我背後喊著。

我向她揮揮手，想表示這沒什麼，不料，單手放開支撐點卻使我重心不穩，稍微搖晃了身體，鞋底滑過水中長了青苔的石面，剎那間整個身軀跌入河流中。

冰冷的水花迅速衝過我的手臂、胸口，甚至是後頸，滲透入每一寸肌膚，顫起雞皮疙瘩，而我上周才受傷的腳踝偏偏無法正常使力，溪水從四面八方拍打著我的身軀，勾起惡夢般的記憶，我頓時渾身無力。

「裴祝娜！」

我聽見湘妍難得抛下形象尖聲衝著我喊叫，不斷湧上的河水卻僅在幾微秒間便淹沒我的思緒，我想使力讓自己做些基本自救，然而，本能的排斥和恐懼彷彿一股無形的束縛，牢牢扣住四肢，只能任憑夾帶苦味的河水竄入鼻腔，嗆痛我的喉嚨、肺部。

身旁的水面顫動，有一個來自上方的力道踫住我的手肘，然後我再也敵不過嗆痛，暈了過去。

*

一睜開眼，我只看見陽光刺眼的天空，還有，陸續探入我視線中的幾張模糊面孔。

喉嚨間衝出一股刺痛促使我嘔出一陣咳嗽，我撥開濕透而黏在臉頰上的髮絲，雖然眼睛刺痛，全身依然無力，但至少感官都大概恢復運作了。

「妳要把我嚇死嗎？妳現在覺得怎麼樣？還好嗎？」湘妍用力拍拍我，臉色蒼白不已。

我清了清喉嚨，使了一點力才發出聲音，「我沒事啦，水那麼淺，淹不死的。」

「我真的會被妳嚇死，要不是白晨邕聽到呼救後馬上跳進水裡救妳，妳現在也沒辦法在這裡逞強了。」

「白、白晨邕嗎？」我這才注意到他坐在一旁，全身濕漉漉的，看上去氣色也不太好，像個病人。

我猛然起身，蹲在他身旁，「欸，你有氣喘吧？你跳進那麼冷的河裡，瘋了嗎？」

「他剛剛噴過氣喘吸入劑了，你們兩個進去帳篷休息吧，等等吹風會感冒。」湘妍替他回答，並把我們推入同一個帳篷。

帳篷的布簾一被拉上，尷尬便迅速竄升。

我坐在帳篷一隅，開始用毛巾擰乾還在不斷滴水的頭髮。

「你幹嘛救我？跳進去那麼低溫的河裡很顯然會氣喘發作吧？」我略不滿地問。

「妳現在是班聯會幹部的一員，身為會長，我必須保全你們的安全。」他淡淡地回答。

「就這樣？」我不禁皺眉，「完全是公務上的關係？」

他放下浴巾，從行李袋中拿出乾淨衣物，「當然，不然還有什麼關係？」

「例如說……你有一瞬間把我誤認為裴妮淵，發揮男友力奮不顧身跳水救人──」

「我已經對她沒感覺了。」又是那異常冷靜、令人毛骨悚然的語氣。

我搓揉著腳踝上有些發癢的疤痕，迷茫地說：「我不相信你會冒著氣喘發作、在山裡救護車可能延遲的風險，為了一個陌生人跳進水裡──」

「就像妳之前不也衝到我面前擋住那台車嗎？」他的目光落在我的腳踝，「救人這種事，當下不會想那麼多。」

「才不是！」我激動地站起身，「我才沒有那麼博愛，還為了一個陌生人發生車禍？扭傷腳踝也是很痛的欸！」

話一出口，我全身停滯了幾秒，又坐回原本的角落。

白晨邕低頭不知思索著什麼，最後拿起盥洗衣物，「我先去換衣服，你如果有哪裡不舒服，隨時跟幹部們報備。」

「跟幹部們報備？不是跟你說？」我冷笑了一聲，他之前都說「隨時跟他說」。

「……」他面無表情地盯著我，「我也是幹部，妳自由選擇。」

語畢，白晨邕走出帳篷，留下我獨自一人在黑暗中呆滯。

真的變了。

雖然都是意料中的事，我卻還是不爭氣地難過了。

*

終於結束驚嚇爆量的三天兩夜露營，我一回家便是舒服的沖個澡，倒頭就睡，如果沒有人打擾，我確定自己能整整二十四小時不醒來。

不過，有通電話卻如此不解風情地響起了。

起初，我一點兒也不想搭理它，看了眼時間後又鑽進被窩，然而，它卻沒完沒了地不斷來電。

一直到第五通，我才心不甘情不願地接通。

「祝娜？妳怎麼都不接電話？」媽媽倉促且略微不滿地嗓音從話筒傳入我仍昏昏欲睡的大腦。

我翻了個身，仍閉著眼，「怎麼了啊？怎麼會現在打給我？妳不是應該在上班或開會嗎？」

「妳在睡覺嗎？沒去學校？」

「嗯，我在家。」翹課對我而言可用不著大驚小怪。

「唉，妳能不能長進一點——等等，現在不是唸這個的時候，我跟妳說，妳現在馬上來醫院，妮淵醒了。」

妮淵醒了。

這四個字悄悄飄入耳朵後，在大腦颳起滔天巨浪。

這下我徹徹底底清醒了，裴妮淵醒來了。

「喂？妳有聽到吧？她現在狀態還不錯，好險恢復得很快，已經能說話了，妳快點來醫院。」

電話匆匆切斷，我迷茫地瞪著前方，這種感覺就像是，驚喜伴隨著矛盾，我能再次見到爸爸、禾雅，甚至沒那麼排斥凌空了，但是，也代表著將離開湘妍，還有，我將沒有任何能和白晨邕交集的機會了。

不過在這之前，我必須先向裴妮淵質問清楚我這段時日受盡的霉運。

一進入病房，我還有些難以適應，畢竟有很長一段時間沒看見一個活生生的人和我長得一模一樣。她確實恢復得不錯，儘管看起來還很虛弱，但氣色紅潤，身上的傷也大致痊癒了。

我將隨身皮包重重放在座椅上，雙眼緊緊鎖定那雙不敢正視我的眼眸。

「媽，妳先出去一下，我要和我親愛的姐姐說幾句話。」

妮淵立刻朝著媽媽說：「媽咪，等等，我還有話——」

「媽，妳不是要去櫃檯辦理什麼手續嗎？」我無情阻斷她的求救。

「喔對，那我現出去忙，很快就回來了。」媽媽狐疑的望著我們兩人，但並沒發現妮淵僵硬的神情。

妮淵還想說些什麼，但一瞥見我充滿殺氣的眼神，立刻乖乖閉上嘴，而媽媽也在同時關上病房的木門。

小小空間裡一剩下我們兩人，我衝上前抓住她，豪不客氣地問：「裴妮淵，妳要不要跟我解釋清楚？」

她嚇得不斷顫抖，用細柔的嗓音問：「妳、妳說的是哪個部分……」

「全部！」我對她大吼。

妮淵那不知所措的神情帶上幾分無辜，所有語句都結結巴巴的：「對、對不起！祝娜……真的很抱歉，我不知道自己會車禍昏、昏迷這麼久，害妳得替我承擔那些……」

見她向我道歉，我稍稍壓低音量，但仍是充滿怒氣，「妳為什麼要劈腿？妳這麼膽小怕事，到底哪來的勇氣做這種事？」

「因、因為……」淚水滑下她的臉頰，她抽抽噎噎地哭了起來，「因為關馳赫他根本就不是喜歡我，他喜歡的是妳！」

我的心臟忽然一揪。

「妳在說什麼？」我的眉宇間擰得更緊了，「妳知道自己在說什麼嗎？闕馳赫他討厭死我了！」

「我說的都是真的！之前樓怡煦陷害妳，闕馳赫後來知道真相了，他一直過得很辛苦，也才發現自己喜歡的一直是妳，只是妳因為他，被全校批判，你們之間隔閡了太多矛盾，他才沒辦法和妳表明心意。我只是替代品，就因為我們長得一樣……」妮淵仍不斷啜泣，彷彿也為了這件事受盡了委屈。「我車禍昏迷不久前，闕馳赫意外知道我其實已經發現這些真相了，所以，他原本要讓我選擇要不要分手的。」

我快速翻找了腦中的記憶，畫面來到我假扮裴妮淵去學校的第一天，與闕馳赫的那些雞同鴨講。

『妮淵。』

『嗯？』

『妳妹妹還在昏迷嗎？』

『對，她還在醫院。怎麼了嗎？』

『沒什麼。不過，妳今天怎麼這麼冷靜？』

『你怎麼會這麼問？』

『所以，這是妳的答案嗎？』

我甚至胡亂點頭。

『好，謝謝妳。』

我當時什麼都不知道，替妮淵選擇了「不分手」的選項……

但這點愧疚感實在不足以熄滅心中的怒火，我又逼問道：「既然早就知道真相了，那妳為什麼不先分手再和白晨邕交往？」

「因為我不敢……」妮淵掩面哭泣，袖口都被淚水浸濕了，「我沒辦法控制自己喜歡上白晨邕，卻又不敢跟關馳赫提出分手……我那時候真的很痛苦，真的不知道該怎麼做……」

我無奈地嘆了口氣，世界上總會有這種女孩存在，膽小怯弱得讓人不知道該從何開始責罵，她一直都是那麼楚楚可憐，彷彿輕輕一罵，弱不禁風的心靈就會破裂成碎片。

「姑且不談論他們兩個男人，更讓我想不到的是，妳怎麼會花一萬元要那群不良少女去陷害關玥寒？」我喝了一大口水，將水杯重重砸在桌上。

妮淵瘦弱的身軀已經蜷縮成一團，滿臉愧疚地說：「因、因為……關玥寒和白晨邕的關係真的太親密了，有一次，我因為嫉妒而哭了，那幕卻剛好被那群不良少女看見，他們一直遊說、勸告我給她一點顏色瞧瞧……然後、然後我就答應了，我真的很後悔……」

我簡直不敢相信她軟弱的程度，而那真摯的眼神又沒摻雜著任何像是說謊的情緒。

「祝娜……真的對不起，我回去後一定會好好處理這些事，我會去跟晨邕解釋清楚，他一定能諒解——」

「裴妮淵，妳傻了嗎？妳還想回去和他繼續交往？」我忍不住提高音量，而我甚至沒有告訴她，她昏迷的這段期間，自己做了多少對不起她的事。

「我是真的很喜歡他，我一點也不想分手……」

「妳夠了！」我一口氣打斷她的發言，憤怒起身，「裴妮淵，妳沒有資格和他在一起！」

她怔怔地望著我，水汪汪的大眼自帶朦朧無辜的效果，她一臉不解，雙手不安地捏著棉被。

我冷靜下來，控制好自己的表情，「妳不知道他聽見妳劈腿時，那反應冷漠得多嚇人，如果還有一點自覺，就不要再靠近他了，妳沒有資格。」

門外傳來媽媽高跟鞋敲過大理石地面的聲響，我快速遞給她衛生紙，要她擦乾眼淚，什麼都不許說。

「妳們姐妹倆聊完了嗎？」媽媽打開房門，面容充滿疲憊，「下禮拜妮淵就能回去學校上課了，祝娜妳也就能恢復原本的生活，記得，一樣別讓任何人發現妳們交換過身分。」

「嗯，知道了，那我先回家了喔。」我簡單應答，提起隨身皮包，朝門口走去。

「這麼快就要走了嗎？欸，祝娜……」

關上房門，木板瞬間將剛才的一切阻隔，我嘆了一口氣，我也彷彿自動回到裴祝娜黑白而麻木的生活。
不讓我惆悵太久，在我抬起頭的那刻，沒想到不遠處的轉角竟出現一個熟悉的身影。
「關馳赫！」我快步追了上去，他的出現完全在我的意料之外。
然而，當我跑到轉角處，他已經消失了。

「喔！妳是那間高級保密病房裡的病患吧？怎麼跑出來了？而且妳現在可以活動了嗎？怎麼還穿便服？妳要去哪？」不知何時，我身旁突然迸出了一名年輕護士，她捧著一疊資料，問了一連串問題，顯得十分訝異。
「我是那位病患的雙胞胎姐姐。」我禮貌性向她微微頷首。
「這樣啊，哇！真的長得一模一樣欸。不過，妳也認識剛剛那個男生嗎？」
「妳指的是誰？」
她用手比劃了一個非常浮誇的高度，指了指剛才關馳赫消失的方向。「就是那位剛剛站在這裡，身高超過一百八，皮膚黝黑，金髮有點褪色，看起來像流氓一樣很兇，但長得還不錯的那個男生。」
這很明顯是對於關馳赫的形容，我趕忙追問：「妳認得他嗎？」
「當然！」護士用力點點頭，「他這麼顯眼，又幾乎每天都會出現，想當作沒看見也很難。」

「妳說他每天都會出現在這裡？」

「沒錯，但是那間病房是上級特別下令要保密的，不准任何人打擾，所以他每次都只向櫃台詢問病人醒了沒，然後就默默走了。」護士微微擰眉，「妳也覺得很荒唐吧？但我說的都是真的，真不曉得他怎麼那麼閒，我和同事還以為他是對櫃台值勤的那位醫護人員有興趣呢——」

「不好意思，我還有事要忙，謝謝妳告訴我這些，那我先走了。」

丟下那位護士，我匆匆趕到醫院大門，不過任憑我怎麼左顧右盼，也沒看見任何熟識的面孔，關馳赫當然不在這裡了。

我的思緒忽然有些混亂，我好像真的變了……聽到這麼驚人的消息，本該感到悸動、竊喜，然而，怎麼會心如止水，沒有一點波瀾呢？

唯一漾起的圈圈漣漪只有，我一直都不知道關馳赫藏了這麼多深情，不過埋藏在心裡的感情又有什麼用呢？時機一旦過了，再怎麼珍貴的情意，都將無法怦然心動。

感情固然重要，但錯過了時機，一切將成空談。

*

回到裴祝娜的第一件事，就是回家。

爸爸從接我離開醫院那刻就開始碎唸，滔滔不絕說著他有多擔心，去了哪間廟求神問卦，害怕我再也沒醒來。

「還好妳最後沒事了，妳媽也真的很誇張，明明女兒是我的，竟然不准我去探望！監護權在我手上，她憑什麼做出這種限制？要不是我現在沒錢沒勢，一定跟她鬧上法院！」

「爸，我真的很想你欸。」我用力擁抱了爸爸，他不禁噤聲。

他又笑又哭地拍拍我的肩，「真是的，明明平常都沒看過妳這麼肉麻，這些都是跟哪個男朋友學來的？」

我沒好氣地笑了，眼眶也有些濕潤，他還是這麼愛碎碎念。

「爸，你最近過得還好嗎？有找到新工作了嗎？」

「是有找到。」他突然收起笑容，「只是薪水比較少，還是要省點錢，不過妳別擔心這個，想吃什麼就吃，補好身體最重要！」

我不禁鼻酸了，明明我這些日子都在媽媽家吃香喝辣，更是一點傷都沒有，而爸爸卻獨自奮鬥找工作，還處處替我著想。

這讓我更堅定了一個想法：我要打工。

這是唯一能彌補的方式，而我也私心希望，能用忙碌來減少想念白晨邕的時間。

回到原本的班級，其實同學們並不是太關心我的狀況，只是消失很久的討厭鬼又回來了，讓大家不太習慣。

而最大的衝擊莫過於：蔣禾雅竟然請長假了。

這麼久沒見面，回學校竟然還無法見到她，我連續撥打了數十通電話也始終無人接聽。

就這麼渾渾噩噩過了第一天，一放學我便匆匆趕到住家附近的一家義式餐廳。

這是一家價位偏高的餐廳，是我那群不良少女朋友中，其中一位名為「張容棻」的家女孩裡經營的，她特地動用關係讓我順利擊敗眾多面試者，得到這份缺職。

店長將我分配到外場，除了餐盤有點重，其他都不成問題，我至今更是還沒遇到任何奧客。

而容棻此刻也一起待在店裡，只不過她是在櫃台後方悠閒地滑手機。

「祝娜，妳知道蔣禾雅怎麼了嗎？」她不知瀏覽到什麼，忽然抬起頭問我。

「我出院都沒有聯絡到她，妳知道原因嗎？」我一邊為客人結帳一邊問，「這裡總共是一千八百六十元。」

「我就是不知道才會問妳。」她嘖了一聲，「那妳也不知道她和凌空在交往的事情吧？」

「什麼？凌空？」難道上次我無意間在走廊看見的那幕，禾雅親熱的對象就是凌空？

「妳果然不知道，那個凌空之前不是要追妳嗎？不知道怎麼換人了。」

我們的談話被店長打斷，「新來的！有客人，妳去點餐一下。」

容棻聳聳肩，「我媽吩咐妳去點餐，妳先去吧。」

我點點頭，只好起身離開櫃台。

然而，一看見座位上的客人，我愣了足足五秒。

我絕對不可能認錯的背影，擁有那種肩膀寬度的男孩太少了，加上那和我一樣的改恩高中制服，是白晨邕。

而他對面的女孩，那一頭柔順的黑髮和精緻的五官，搭配上甜美無害的笑容，是關玥寒。

他們倆單獨吃飯？我確認了很多次，周圍的確沒有任何改恩高中的學生一同前來，這種高價位餐廳，窮苦學生當中，只有白晨邕那種富豪才會光顧。

「新來的，妳叫祝娜吧？妳怎麼躲在這裡？偷懶？」耳後又傳來店長的聲音，我恨不得上前摀住她的嘴。

一回眸，果然這裡的騷動使得他們兩人不約而同看向了我。

百般無奈，我握緊手中的點餐簿，堅硬的皮革都幾乎被我捏凹了。

「要點什麼？」我冷冷地問，心中莫名有一把火，這位白晨邕先生，自從露營之後，沒有再和我聯絡過。

「祝娜，妳怎麼在這裡打工？前幾天聽說妳醒來了，妳沒事真是太好了！妳恢復得都還好嗎？」關玥寒溫柔地問，語調中充滿關切。

「我沒事，謝謝妳的關心。」我對她擠出一個微笑，全程沒有瞥向白晨邕，「所以你們要點什麼呢？」

她微微笑，「我要奶油蘑菇雞肉義大利麵，飲料是野莓氣泡飲，麻煩了，謝謝。」

我點點頭，等待白晨邕的回答，不過，他卻一聲也沒吭，遲遲不點餐。

闕玥寒有些不好意思地戳了戳他的手，看在我眼裡又是滿滿的不順眼。

不知過了多久，他才緩緩說道：「青醬蕈菇牛肉。」

「燉飯還是義大利麵？」

「麵。」

「飲料呢？」

又是一陣漫長的等待，我站得雙腿發麻，就快忍不住脾氣之際，他才回答：「摩卡咖啡。」

我闔上點餐簿，完全憋不住臭臉。

「幫我加水。」他的語氣充滿故意，讓人氣得牙癢。

他的水杯還有八分滿，我忍不住故意倒了全滿，甚至溢出了不少開水，桌巾濕了一片。

「妳是不是要道歉一下？」

我不可置信地張大嘴，那舉動就像是陌生人般，甚至毫無禮貌可言。

不過，我依然嚥下這口氣，不客氣地說：「真是不好意思喔。」

「道歉都不需要看一下我嗎？」

我望進他的眼眸，忽然失去言語能力，在看見那深邃又彷彿會勾魂的瞳孔後，所有怒火在無形中竟然降下了。

對視了將近一分鐘，我們誰都沒有退讓先說話，我都懷疑闕玥寒看傻眼了。

最終實在受不住鼻酸，我匆匆撇過頭，快步離去。

站在調配飲料的吧台後擦拭剛洗好的餐具，我靜靜觀察白晨邕的一舉一動。

他的手指很好看，手臂上的青筋也很好看，用餐時，不會用叉子捲麵，也不會用刀子把牛肉切成整齊的塊狀，吃麵習慣配著飲料，總是沒有順序。

我用力搖搖頭，不敢相信自己究竟在想些什麼。

霎時，他轉向我，對上我的目光。

我嚇得全身一顫，手上的玻璃盤順勢滑下，掉落至地上，發出「匡啷」巨響，白色碎片噴濺得到處都是，其中一塊甚至劃過我的小腿，滲出鮮血。

我趕緊蹲下撿拾碎玻璃，突然，身邊多了一道身影，他抓住了我的手腕，我瞪著這突如其來的舉止，淚腺變得脆弱，接著，他輕輕鬆開，不發一語地代替我撿起那些碎片。

「這位客人，非常謝謝您的幫忙，但這裡交給我們就好了，您回去用餐吧。」店長匆匆趕到，客氣的對他說。

其他店員紛紛上前幫忙，我不記得自己是如何過完接下來的工時，甚至連被店長責罵都不痛不癢，所有思緒全亂糟糟地陷在白晨邕之中。

*

十點一到，我整理完雜務便離開餐廳，不料，一走出餐館，竟迎面撞上站在門口的白晨邕。

「你在這裡做什麼？」再次確認手錶，現在是十點八分，我可是記得清清楚楚，他和關玥寒離開的時間是六點五十三分。

「今天的事，我很抱歉。」

「哪一部分？」

他淡淡地回答：「妳打破盤子，一定會被罵和扣工資吧？」

「那你幹嘛跟我道歉？」他該道歉的部分應該是故意找碴那段。

「妳不是因為一直盯著我才會打破的嗎？」他挑起眉，眼神中有一絲笑意。

「才不是！」我氣急敗壞地說。

「不然呢？」

我思考了幾秒，才心虛地說：「我只是不小心手滑了。」

「這樣啊，既然不是因為我，那我就不用償還妳被扣掉的工資了？」

「當然要！」我向他伸出手，這矛盾連我自己都覺得難堪。

他笑了一聲，「那走吧。」

「去哪裡？」

「吃宵夜。」

「什麼？」我用力擰眉，「我要現金。」

他勾起唇角，亮出手上的塑膠提袋，鹹酥雞香味撲鼻而來，我的胃立刻倒戈背叛了面子。

「那好吧，我就勉為其難接受這個道歉。」

坐在公園長椅上，我的心跳在黑暗中胡亂加速，連吃鹹酥雞都異常緊張。

這袋鹹酥雞還熱騰騰的，更是加了我習慣的九層塔，仔細一看，裡頭有鹹酥雞、薯條、米血、豆皮、滷蛋、海帶、魚板、大豆干、小豆干、黑輪、熱狗、年糕，吃完這些簡直會撐死。

「你買這麼多？你當我是豬啊？」

「這些都是妳上次自己點過的。」他勾起唇角。

我倒抽了一口氣，第一次和他說話就是在鹹酥雞店，還很糗的沒帶錢，平白被羞辱了一翻。

「你怎麼會記得這種東西啦？」我翻了個白眼，一口氣將兩塊雞肉和兩片炸黑輪塞進嘴裡，腮幫子都鼓起了。

「看過就記得了。」他說得一派輕鬆，令人拳頭發癢。

我又塞了一塊炸黑輪和兩根熱狗，不滿地說：「所以你特地請我吃消夜而不是給現金？就是為了羞辱我的智商？沒有其他目的？」

白晨邕故作無辜地點點頭，用竹籤將炸黑輪全部翻了上來。

「我其實很好奇，妳假扮裴妮淵的時候，還做了什麼事？」他緩緩開口，認真地望著我，「妳對闞馳赫……也是和對我一樣認真扮演嗎？」

我噗哧一聲笑了出來，「你會好奇這種事？」

「畢竟妳之前和闞馳赫完全鬧不和了，還有辦法扮演女友？」他無視我的笑聲，微微促起濃密的眉。

「我以前也很討厭你好嗎，還不是好好扮演你的女朋友了？」我忙著吃炸黑輪，沒好氣地簡單回應。

「嗯，的確演得很好。」他低語，「妳現在還喜歡闞馳赫嗎？」

我很訝異他會這麼問，因此愣了幾秒才搖搖頭，「現在……沒有了。」

他點點頭，由於背對路燈，逆光的狀態下，我看不見他的神情。

「好，如果還有人像之前撕毀畫作一樣找妳的麻煩，隨時來告訴我。」

聽見這句話，我忽然覺得渾身暖呼呼的，他現在的樣子，讓我誤以為自己現在是受人寵愛的裴妮淵，而不是令人厭惡的裴祝娜。

好像回到幾個星期前，那種只在裴妮淵面前出現的溫柔。

「喔……這是當然的，我才不會自己忍著……」我結結巴巴地應答，雙眼不知要看哪裡好。

難道是我的錯覺嗎？總覺得這個氣氛、這個情緒飽和度……好適合放任本能。

不過，白晨邕卻先一步阻止了，「我看妳也差不多吃完了，走吧，我送妳回去。」

「你要送我回去？」

「嗯，怎麼了嗎？」

我改為雙手抱胸，提高點姿態，「你上個禮拜不是才說『以後就恢復成原本的關係吧，妳是裴祝娜，我是白晨邕，我們互相不認識。』？怎麼現在突然變得這麼好？」

「也對。」他輕笑了一聲，「有點習慣了。」

「習慣我是裴妮淵？」我瞪大眼，我這輩子最討厭的就是被比喻成妮淵替代品。

「不是啦。」他扯了扯嘴角後換上會讓人誤以為是深情的表情，「習慣對妳好。」

「那就繼續習慣啊。」一不小心終於把內心話脫口而出，我屏息凝視著他，趕緊改口，「沒有啦，我的意思是，我不介意繼續讓你習慣，你可以慢慢調適。」

他微微一笑，走在我面前，我才得以在他看不見的角度用力拍拍雙頰。

這種狀況還真是棘手，一向都習慣直球，我還真是不知道該怎麼曖昧……

第九章　劇本之外

周末，我特地廣泛打聽，終於從蔣禾雅的國小同學口中要到了她的通訊地址，決定直接到她家裡一探究竟。

按了五次門鈴，在門外等了約十分鐘後，鐵門才緩緩敞開。

「禾雅！」一看見她，我忍不住驚呼。

難得看見一向陽剛的她眼睛下方多上兩道黑眼圈，氣色也十分暗沉，先前的氣勢蕩然無存，就像個毫無生氣的宅女。

「妳醒了？出院了？」她看上去比我更驚訝，趕緊拉我進門，「妳車禍的傷都好了嗎？真是的，搞什麼？昏迷那麼久，我都以為妳死了。」

「我完全沒事。」我趕緊提高音量，類似的謝天謝地言論我已經聽過無數次了，「倒是妳，怎麼會請假？妳生病了嗎？」

「嗯，流感，不過就快好了，已經結束院方規定的一星期隔離。」

「只是生病？」我挑起眉。

「不然妳是要詛咒我有多慘？」

稍稍瞥了幾眼她的房間，凌亂的雜物全都沒收拾，一點也不像平時的她，「純粹生病的話，怎麼會音訊全無？看起來根本是不想被打擾。」

她揮了揮手，表示我想太多，她懶得解釋。

「妳是不是失戀了？妳和凌空在交往吧？」

「我們在交往沒錯，不過，妳怎麼會知道這件事？」

「是容棻告訴我的，我聽到時還很驚訝，你們怎麼會在一起？」

禾雅低下頭，面容趨於嚴肅，淡淡開口：「之前幫他製造追求妳的機會，我們本來就有幾分交情了，加上妳不在的這段時間，很多時間都是他陪伴我的，不知不覺就……」

能讓心牆高大的禾雅卸下心防，證明凌空在她心中一定是十分特別的存在，他們在這段期間經歷了多少，是我無法理解的感情。

「所以，是凌空害妳變成這副模樣？我替妳去教訓他！」我憤恨不平的說著，「他害妳失戀，我一定會幫妳討回一口氣的。」

「我沒有失戀，只是在冷戰。」她沒好氣地說，雙手一攤。

我定格了幾秒，對於這個答案不明所以，禾雅的脾氣非常暴躁，如果有什麼嫌隙，一向都會立刻火爆解決，我從未見過她和任何人冷戰。

「那凌空到底做了什麼事？妳竟然會跟他吵架？」

「裴祝娜，妳還記得妳被冤枉偷了白晨邕的氣喘吸入劑吧？白晨邕還差點死掉。」禾雅將椅子上的垃圾全掃入垃圾桶，率先坐下。

我點點頭，當然記得這段難忘的記憶，對我的名譽完全是雪上加霜，更是害我必須變成裴妮淵的其中一項因素。

「氣喘吸入劑是凌空拿的。」

「妳說什麼？」我衝上前抓住她的手，激動的問：「妳怎麼會知道？而且……他為什麼要那麼做？」

「我上次偶然發現的，而他也就向我坦承了。凌空非常討厭白晨邕，應該說是，非常討厭他們一家。」她無奈地說：「他說白晨邕的母親，也就是那位大明星簡甯，誘拐了凌空的父親，他不僅徹夜不歸，喝醉還會對他們母子施暴，而凌空的母親承受不住打擊，最後也病倒了。」

聽見這番話，我摀住因驚訝而張大的嘴，遲遲無法恢復鎮定。

我萬萬沒想到，上次電梯口那位簡甯的外遇對象，竟然就是凌空的父親？

「我知道他因為這件事的確過得很辛苦，但再怎麼樣，他也不能犯這種攸關人命的罪吧？我儘管也是有仇必報，但從來不會做出這種真的有可能害死一條人命的事，最重要的是，他甚至把罪名誣賴到妳身上，我都不知道該怎麼面對妳了……」她越說越無力，連眼神都不自覺迴避了我的目光。

我靜靜望著她的愁容，雖然震驚，但比起從前，似乎沒有那麼氣憤了，我甚至對扮演裴妮淵這件事稍稍改觀了，如果沒有這段回憶，我又怎麼能遇見白晨邕的另一面呢？

禾雅揉了揉太陽穴，眉宇間揪成一團，再度開口：「這次我真的鐵了心和他吵架，他甚至一直在我家門口等著，也不斷向我保證不會再犯了，但我還是……」

猶豫了很久，我輕輕將手搭上她的肩，緩緩說：「禾雅，既然凌空深刻反省，也真的知道錯、保證不會再犯了，那妳就不要不理他了，好嗎？我現在也沒事啊，過著很正常的生活，白晨邕也健康得很。」

最重要的是，禾雅好不容易找到一個男孩能讓她忘掉前男友帶來的傷害。她從來沒使用過冷戰的方式處理憤怒，會賭氣而非直接分手，想必心中也是十分不捨的，再者，看她家裡凌亂成這副德行，不難想像冷戰期間有多麼辛苦。

「妳快去跟凌空和好吧，白晨邕那邊我來負責溝通，妳別擔心。」

「妳不是很討厭他嗎？怎麼溝通？」她一臉狐疑。

我賊賊地勾起唇角，「啊……這個啊，我最近有點喜歡他。」

＊

周一，我恢復裴祝娜的本性，終於不用膽戰心驚，舒舒服服地在課堂上沉沉睡去。

一直到禾雅將我叫醒，我才終於回到現實。

「妳很誇張欸，睡這麼久，讓人很擔心妳又昏迷欸。都放學了，妳要留在教室繼續睡嗎？」

「時間過這麼快？」我睡眼惺忪的嘆了口氣，「真是累死我了，八節課還真不夠補眠。」

「好啦，走了，妳也不用整理書包吧？反正裡面也是空的。」禾雅拎起我乾癟的書包，拖著我離開教室。

「閉嘴……妳自己不也一樣？」

前往中廊的路上會經過十一班教室，也就是白晨邕的班級，以前我從來沒瞥過這些教室，但今天到是很認真端詳了。

「欸，白晨邕在看我們這個方向。」禾雅的語氣帶上幾分訝異，還有藏不住的笑意。

「別想太多，他是在看我，不是妳。」我得意地昂起頭，一瞬間睡意都褪去了，加速尋覓他的身影，很快便望見幾公尺外背著書包，正準備前往圖書館的他，雖然他的目光已經不在我身上，我仍感到心中微波蕩漾。

「喔，你們的仇恨還沒解決嗎？」

我翻了個白眼，禾雅的記憶還停留在我昏迷以前。

「才不是，妳難道看不出那個眼神不知道在溫柔什麼的嗎？」

「有嗎……」禾雅神情突然肅穆，收起笑容。「不過，妳有看到那則新聞嗎？」

「什麼新聞？我最近都沒有看新聞。」

「昨天晚上的頭條啊！妳和社會脫節了吧？」

「和我有關的事嗎？不然妳怎麼覺得我會知道？」我扯了扯唇角，對於她的詫異感到疑惑。

「簡甯上週才剛回歸新作品，昨天就被狗仔爆出外遇了，受到大眾的抵制，聽說所有贊助公司都立刻撤資，新專輯銷售量也毀了，我看她在演藝圈是玩完了。」禾雅嘆了口氣，「看吧？我就知道她的報應終究會到來。」

「真的假的？」我不禁驚呼，隨即壓低聲音，問道：「這件事鬧得很大嗎？」

她點了點頭，臉上有些惆悵。「昨晚每個時段的新聞都一直在播報這個緋聞，連凌空都受到狗仔騷擾了。妳不覺得大家看白晨邕的眼神很怪嗎？就是因為這件事啊，像我剛才一看見他，就馬上想起這件事了。」

我猛然抬起頭，仔細盯著周圍人來人往的學生，像白晨邕那種風雲人物被眾人偷看或是盯著瞧是常態，但如今那些人的眼神的確多了許多不友善或是看笑話的情緒，簡直是只有看待我時才會出現的態度。

而白晨邕只是蹦著臉，面無表情的走出教室，那冷峻的神情卻讓我的心房有些酸澀，就連微微低下頭的動作，我也覺得其中暗藏著濃烈的哀傷。

「聽說媒體還把白晨邕的身世翻出來炒新聞，妳不知道吧？我沒想到他竟然是孤兒出身欸！只是當年簡甯很年幼的兒子因病過世後，剛好又是差不多時間領養他，這個消息才沒有被大肆宣揚，連很多狂熱粉絲都不曉得。」禾雅有些不捨的說：「我真的萬萬沒想到他不是簡甯的親生兒子，甚至還是在孤兒院度過童年的，看見這個消息真的很難過。」

「妳說他的身世背景被報上新聞嗎？所有人都知道這件事了？」我激動的抓著她，不可置信。

「嗯，像他那麼受歡迎，還真的很難想像會被這樣盯著瞧，他一定也很難受吧？」禾雅像是忽然想起什麼般，擰著眉問：「不過，妳早就知道他是孤兒嗎？怎麼一點都不驚訝？」

我迅速轉過身，不顧放學人潮的阻礙，在人群中殺出一條空道，跨步朝白晨邕走去。

「欸！裴祝娜，妳在幹嘛？妳再不走，打工就要遲到了，妳……」禾雅在後頭喊著，這也使許多道目光一瞬間傾倒在我身上。

而白晨邕也注意到我的靠近了，他的右眉微微挑起，但很快便轉過身朝著反方向離去。

我加速跑到他面前，一把拉起他的手腕。

我聽見周遭的圍觀學生整齊的發出驚嘆聲，而白晨邕也停下腳步，眼眸中有藏不住的震驚。

「你跟我來。」我拉起他的手腕，他卻一動也不動。

「妳瘋了？」

「你不要多嘴，跟我來就對了。」我施了一點力，不顧那些交頭接耳的學生，快速將他帶離學校。

搭上公車，由於正值國高中放學時間，車內乘客眾多，十分擁擠，我坐在和他不同排的座位上，有些擔憂的望著那些同校生的眼光。

也因為隔著這微妙的距離，我們一路上保持沉默，他也沒有開口質問我莽撞的行為。

一直到抵達終點站，我才示意他下車。

這輛公車的終點站是濱灣海灘，一接觸海邊淡淡的海鹽味，我緊繃的神情頓時放鬆了下來，而尷尬的情緒也瞬間湧上。

白色浪花拍打在鐵灰色的沙灘上，快速湧上又靜靜退回大海，那反覆而單調的規律畫面卻擁有能撫平心靈的功效。

我們盯著這片沙灘和療癒的浪潮，誰也沒有開口。

許久，白晨邕才終於打破沉默，他靜靜地問：「所以，妳叫我來這裡要幹嘛？」

他單調的音調起伏只有無奈，讓我一瞬間覺得，為這片美景感動的只有我一人。

「看海啊。」我心虛地說。剛才的自己實在太衝動，完全沒意料到我們的關係還徘徊在十分難為情的地帶。

「看海？」他扯了扯唇角問道：「妳當眾拉住我、坐了將近一小時的公車，就為了叫我看海？」

「嗯……還有夕陽。」我仰起頭，望著大海上方的天空，六點多的時間，正好趕上這片沙灘最美的一刻。

金黃的漸層和夜幕的藍紫色互相暈染出令人著迷的夕陽，橙黃的太陽緩緩落下，每一分鐘都轉換成更具質感的色調。

最後，晚霞收起傷殘的長線，濃墨般的夜染黑了最後一片愁雲，黃昏的彩霞漸漸隱沒在夜裡。

「你……覺得很無聊嗎？」我緩緩開口，感到些許難堪。

白晨邕瞇起眼，抿起了唇。「有一點。」

「真的喔？」我皺起臉，失望的同時卻也有些不悅。「這片海灘很美欸，而且今天不是假日，也沒什麼遊客，不覺的看見這種美景心情很好嗎？」

「嗯，騙妳的。」

「什麼？」我猛然抬起頭，努力克制自己心中緩緩燃起的火，最後只是悻悻然說：「算了，看在你遭遇的份上就不跟你計較了，這麼說你心情應該好一點了吧？」

「我怎麼了？」他挑起眉。

「你不是很憂愁嗎？因為你母親被爆出醜聞，媒體還把你的身世也一起翻了出來，剛才大家又用那種眼神看你……」我拍拍他的背，「你可能還不太習慣被那樣不友善的盯著瞧，但你也不要太介意，一開始的確會比較不習慣，之後風聲淡了後，那些人就會自討沒趣了。」

「妳經驗果然很豐富啊？」他勾起唇角，打趣道。

「那當然——等等，我看你根本就沒事吧？還有心情調侃我？」

白晨邕淺淺一笑，「我本來就沒事了，我看起來很難過嗎？」

「呃……」我的動作一滯，忽然意識到，其實他也只是面無表情，面容並沒有多大改變，那些瞬間湧上的憐憫情緒，似乎完全是因為禾雅的旁白……

「所以妳明白我的疑惑了吧？我還真沒想到妳會在廣大人群之中一路拉著我走出校門，怎麼？很想上校版？」他笑道，別過頭望著黑夜中的海浪。

被這麼嘲弄，我氣得急忙解釋：「別自戀了！那是你剛才的表情看起來真的很像在強忍悲傷！我才會不小心就、就衝上去了……」

「妳想多了，我什麼表情都沒做吧？」

「這倒是沒錯。」我嘆了口氣，「啐，所以你根本就不需要散心吧？那我不就白白翹班帶你到這裡了？」

我在心中哀嚎著，為自己白白損失的工資捶著心肝，想不到竟然只是我自作多情，幻想他會需要一點美景當作心靈慰藉。

「不，我很謝謝妳帶我來看海，我心情的確也好多了。」他倏忽收起剛才的玩笑態度，肅穆的凝視著我。

盯著如此真摯的眼神，我不禁移開視線，心跳有些失速。

「嘖，你在正經什麼？這樣多彆扭？」我不自然地搔搔頭，遲遲不敢對上他的目光。「你明明有心事對吧？還嘴硬說自己沒事……」

「畢竟是我的家人，心情多少會受點影響。」他淡淡的回答，那種冷靜的模樣卻讓人感到鼻酸。

「那你現在就別想他們了！我看你今晚也別回家了吧？你要在這裡待整夜嗎？反正我都翹班了，到幾點都可以。」

他不禁失笑，「妳傻了吧？」

「我才沒傻，我是很認真的，如果看見他們心情會不好，那就暫時逃避吧。」白晨邕笑了出來，我看得出他笑容中的無奈，卻也包藏著十分真摯的愉悅。

薄暮褪去，為滿月和星河讓出廣闊的天空，皎皎明鏡柔和似絮，周圍擴著朦朧白紗織出的細緻光暈。

望著這片浩瀚的夜空，就算一路上都是我不斷拋著直球，心中卻沒有空虛。

*

翌日，託白晨邕的福，我幾乎一整晚沒睡，隔日的上課時間便又成為我補眠的睡眠時間。

「別再睡了，妳會不會太誇張？這節是美術課，要去美術教室，妳再不起來就要被記曠課了。」禾雅扯開嗓門對我吼著。

她逕自將我拉往教室外，我揉揉雙眼，沒好氣地抱怨著：「妳才誇張！急什麼？妳怎麼可能會在意區區曠課嘛？」

「從今天起我一堂課都不能翹了，我前陣子請長假，現在已經禁不起更多缺曠，否則到時候就真的要肄業了。」她聳聳肩，一臉無奈。

「我可不要陪妳全勤……」我咕噥著。

「好啊，除非妳答應告訴我昨天妳和白晨邕到底發生什麼事了？」禾雅雙眼一亮，賊賊的說。

我扯了扯唇角，「什麼事都沒發生！」
打鬧的同時，我忽然被右腳邊的不明物體絆了一跤，所幸我反映夠快，及時抓住身旁的禾雅，才免於向前撲倒在地。

我轉向右邊掃視了一遭，人潮太多，我沒能立刻揪出剛才絆倒我的兇手，但正常理論而言，我幾乎能確定是梁瑜海，她就站在人群中，和絆倒我的位置接近。

「妳現在是怎樣？」我擋住她的去路，斜眼瞪視。

「我怎樣？」她錯愕地問，那反應跟真的一樣。

「妳還裝傻？」

「妳自己跌倒還誣賴我？」

此時，一個令人措手不及的身影跨步向我們走來，周圍的人潮紛紛退開，也便於一探究竟。

白晨邕在我身旁停下，毫無畏懼旁人眼光，湊到我的耳畔說：「是妳自己踢到盆栽，到底要多笨？」

我愣了幾秒，就算不是她，我其實不在乎冤枉梁瑜海，畢竟我倆的過節也沒有解開的一天。

這番話帶來的後勁過猛，我準備破口大罵時，他卻先一步開口：「妳今天放學打工請假。」

他的語氣如同命令，令人氣得牙癢。「為什麼？我幹嘛要聽你的？」

「我會給妳昨天和今天損失的工資。」他挑起眉，「五點半，約在側門。」

他沒留給我答覆的機會便揚長而去，我迅速瞪了那些盯著我的圍觀群眾，拉著禾雅繼續前往美術教室，留下梁瑜海在後頭大吼大叫。

＊

美術課課堂上，我的手機忽然來電，所幸美術課一直都非常自由，如何混水摸魚都不會被老師察覺。

匆匆瞥了一眼，竟然是裴妮淵。

她平時不會打給我的，更別說是上課時間，因此，我偷偷按下接聽。

「喂？祝、祝娜，妳現在可不可以來二樓廁所一下？」她膽怯地問，「救救我！」

一聽見這詭異的求救，我二話不說跑出教室。

趕到二樓廁所，我還不斷喘息著，不過這裡卻空無一人。

我悄悄踏入廁所，輕輕呼喊：「裴妮淵？」

其中一扇門猛然敞開，她淚眼汪汪地小跑向我，哭得唏哩嘩啦。

「祝娜，怎麼辦？上次那群不良少女的頭目剛剛傳訊息給我，要我下課到體育器材室旁的廢棄地下室把剩下的八千多元付清，她們一定不會單純要我還錢的，我不敢去……」

「她們還要錢？不是都已經把真相洩露給白晨邕了嗎？」

「嗯，因為她們上次只告訴白晨邕，這次威脅要直接告訴關玥寒本人，要我快點交出錢。」她伸出不斷發顫的小手，遞給我一個牛皮紙袋，「雖然錢不是問題，但我真的不敢去，我們現在髮色一樣，妳可不可以、可不可以幫、幫我……」

我用力擰眉，神情難看到了極點，「妳要我代替妳去見那些隨時會出手打人的人？我又不是什麼善良的好人，妳怎麼會覺得我會答應？」

「祝娜！拜託妳！妳應該很擅長面對那些女生對不對？我在她們面前一定會嚇得什麼話都說不出來！」妮淵見我不動聲色，又從口袋拿出另一個紙袋，「我聽說妳最近因為爸爸失業在打工，我特地從媽媽衣櫃裡偷了一筆錢，拜託，妳幫幫我！這些全部都給妳！」

「妳當我是什麼？自己的爛攤子自己收吧，我要回去上課了！」

妮淵用力抓住我的手，難得流露強硬的態度，「我都沒跟妳計較了，妳怎麼可以當作什麼事都沒發生一樣？」

「妳在說什麼？」我甩開束縛，神情更加兇惡。

「妳在我昏迷的期間，名正言順和白晨邕親暱，就算我犯錯了，但至少那時候他還是我的男朋友！白晨邕是我的男朋友欸！妳怎麼可以這樣？怎麼可以抱他？怎麼可以親他？我一直都不相信那些說妳水性楊花、搶別人男朋友的流言蜚語，但妳現在的樣子真的就是這麼壞！」她一口氣吐出這些話後，像是愧疚般全身無力地靠在牆邊，眼眶中的淚水又撲簌簌流淌而出，「我也不是自願車禍昏迷的，會交換身分也是因為妳……」

這番話也如同尖銳地利刃捅進我的心，明明我可以主張那是為了演戲、無可奈何的事，但我卻說不出口。

因為我心虛了，我十分深刻的明白，當我感到罪惡的同時，就代表自己不再純潔了，我確實喜歡上白晨邕，確實倚靠著演戲的名義胡作非為，確實做了許多超出表演性質的事。

我低下頭，靜靜地說：「好，那我代替妳去，不過妳要答應我，之後妳就不准再提這件事。」

「妳……」她睜著圓滾滾的眼眸，似乎沒想到我會提出這樣的要求。

「我就是這麼壞，我也懶得解釋。」我昂起下顎，語氣泰然自若。

妮淵揪緊臉部表情，猶豫了一會兒後，終於點點頭，「好，我答應妳。」

「嗯，換制服吧。」我接過牛皮紙袋，到鏡子前用髮圈綁起高馬尾。

反正也不是第一次和她們交手了，我也打過很多架，因此深信不會有問題。

*

下課，我單槍匹馬前往操場西方的體育器材室，那裡因為距離教學大樓有點距離，平時又只有常常缺席的工友伯伯在看守，總是不良少年辦事的聚集地。

經過器材室，我快速瞥了一眼，工友今天又缺席了，這附近簡直人煙稀少。

我緩緩走進地下室，生鏽鐵門的鎖扣不管教官上鎖過幾次都會被撬壞，到處瀰漫煙塵，牆邊都是蜘蛛網，密閉空間也沒有日光燈。

「哇，裴妮淵，剛剛在電話裡嚇成那樣，結果現在還是來赴約了啊？」頭目從黑暗中走出來，手中還握著棍棒。

「妳帶棍棒要幹嘛？」

「不還錢就只能打一打洩憤囉。」

我冷笑了一聲，誰會這麼傻？沒帶錢還敢來赴約。我將牛皮紙袋遞給她，面無表情地留意了一下四周，這次人比較少，只有兩位。

「真無趣，我都準備好要打人了，妳那張臉——」

「不要廢話了，清點完了嗎？我要走了。」我不耐煩地說。

頭目瞇起眼，點了點頭，「既然錢都還完了，那我們就先走了。」

我不禁皺眉，她什麼時候變得那麼溫和了？我語氣那麼差，她還能忍氣吞聲？

不料，待她一跨出地下室門口，鐵門就倏忽「砰」一聲關上，揚起許多塵土。

我衝上前用力撞鐵門，大聲呼喊：「欸！給我開門！妳們瘋了吧？等我出去妳們全部都會被記過退學！」

太過激動，腳踝舊傷還不注意絆到她們隨手扔掉的鐵棍。

「妳怎麼可能敢呢？妳的祕密還握在我們手上呢！」門外傳來細碎的聲音，還有一陣嘻笑。

「我一定叫蔣禾雅打死妳們！妳們聽清楚了嗎？蔣禾雅！妳們誰打的過她？」無論我吼得多

大聲，她們也走遠，沒聽見了。

這扇鐵門被橇開過很多次，我不斷用力捶打，冀望自己也有那種蠻力能破壞鐵門，然而，捶到手心都被鐵磨破，它還是不動於衷。

我瞪著眼前的黑暗，突然有些無力，呆坐在地上，開始自欺欺人，反正待在這裡也不差，蔣禾雅一定也會發現我消失的。

想了一會兒，我又搖搖頭，裴妮淵現在可是假扮我了呢！蔣禾雅怎麼可能發現？我消失了那我只能把希望寄託在唐湘妍身上了。

而且我錯得徹底，地下室到處瀰漫著灰塵，嗆得我鼻腔和肺部都疼痛不已，又只有門縫外的微弱陽光，我還寧願在放棄翹課的機會，乖乖待教室上課。

累得不知過了多久，我沉沉睡去，當我再次醒來，已經是下午六點二十三分，我忽然驚覺大事不妙，我和白晨邕約了五點半要見面！而且現在天色也暗了，如果再不出去想辦法逃遲早會餓死。

我又再度跑向鐵門大吼大叫了一翻，但是仍然沒有人上前應門，反到換來手心紅腫和傷口的血絲。

我開始覺得有些害怕，氣管也不斷傳來嗆痛，我用力揉揉剛剛受傷的部位，不爭氣地掉下眼淚。

再怎麼粗魯，再怎麼莽撞，再怎麼強悍，我畢竟也是一個女孩，是一個會畏懼孤獨，畏懼疼痛，畏懼黑暗的女孩。

更讓我害怕地是，和白晨邕約了見面，卻無故爽約，他會怎麼想？

「開門！外面有沒有人？我真的快痛死了……」我無助地用地上的棍棒撞著鐵門。

「祝娜？妳在裡面嗎？」

外頭突然出現裴妮淵的聲音，我趕忙起身，卻因為受傷的腳踝而絆了一跤。

「裴祝娜！」接著是白晨邕急迫的嗓音，伴隨著一陣迫切的敲門聲。

「白晨邕！」我大喊道，回應了陣陣拍打。

我聽見門外傳來兩聲金屬撞擊，鐵門終於被撞開。

他一看見坐在地上的我，立刻衝上前緊緊擁住我的身軀。

突如其來的溫度和驅散塵土味的柔軟精香氣，淚水終於奪眶而出，我緊緊抓住他的外套，第一次在他面前呈現無助的一面，我將臉埋入他的胸膛，用力閉上眼。

「我沒有爽約喔，我只是出不去……」

「都什麼時候了妳還管那個？」他加重手勁，就算在他的外套中近乎窒息，我依然忍不住苦澀地勾起唇角，「妳幹嘛答應做這種事？還沒帶手機，也沒告訴任何人，到底在想什麼？」

我瞥了一眼怔怔站在一旁的裴妮淵，她竟然這麼晚才來地下室確認我的安危？她心虛地低下頭，匆匆離開現場。

「妳受傷了嗎？」他輕壓我的腳踝確認傷勢，「妳放心，以後不會再發生這種事了。」

儘管心頭暖暖的，對這番話心滿意足，我還是故意問：「你怎麼能那麼確定？那些女人都是瘋子。」

白晨邕稍稍退開至一個能看清楚我的距離，我如同被他的目光束縛住般一動也不動。

「他們不會敢動我的女朋友。」

這句話輕輕蕩入心坎，我屏息瞪著他，強保著搖搖欲墜的理智。

「你、你這是在告白嗎？」

他點點頭，「不夠明顯嗎？裴祝娜，我喜歡妳。」

我撇過頭，這跟我想像的不一樣，我現在髮絲凌亂，全身沾滿灰塵和地下室霉味，地點還是這麼破舊的廢棄地下室，再搭配上眼淚，簡直一點也不像我。

「不管妳接不接受，我覺得的確有必要追究我們之前的那些肢體接觸。」他勾起唇角，打趣道。

「你要跟我追究什麼？應該是我要跟你追究才對！」

「好，那就和我交往，妳要多少補償都行。」他快速說完這段話，臉不紅氣不喘。

倒是一向崇尚直球的我，臉頰卻灼燙不已，心跳也瘋狂顫動。

「之前的那些回憶可能摻雜著不愉快，也不怎麼正當，不過，我也不知道自己怎麼了，知道真相後還是會一直想起妳。」像是不習慣這種深情，般白晨邕微微低下頭。

我又忍不住哭了，又無法控制地笑了起來，「你搞什麼啊？不要講這麼肉麻的話……」

「雖然我們先擁抱過，先過了情侶的生活，順序可能不太對，但也多虧那些日子，才讓我有機會真正地認識妳。」他輕輕捏了捏我的手，抬頭凝望著我，「所以，不管要花多少時間重新經營這段感情，讓我重新追妳，好嗎？」

聞言，我用力搖頭，「重新追我？那怎麼可以？直接在一起就好了！」

他笑了出來，「妳怎麼還是一樣這麼直接？」

「那當然，寧願相處時間過剩，也不要不足。」我理所當然地昂起頭。

「歪理還真多……」白晨邕第一次對我露出大幅度笑容，逕自背起我，「妳的腳踝已經受傷太多次了，走吧，我帶妳去保健室。」

我甚至失去語言能力，只是緊緊還住他的肩膀，任憑他背著我離開操場。

走過中廊，中庭還有許多進行社團活動的學生，我輕輕落地，突然興起一個私心計畫。

「現在是你表現的時刻了。」我賊賊地笑著。

「表現什麼？」

「你要讓全校都知道我是妳的女朋友啊！你剛剛自己說的。」我挑起眉，正好瞥見正在練舞的流舞社幹部目瞪口呆的望著我們倆走在一起。

前方還有正進行小組會議的康輔社幹部，人數足足是這裡的兩倍。

抬頭看了白晨邕一眼，只見他似乎還沒意識過來，我嘆了口氣，將他的手抓到我肩上。

我用氣音激動地說：「放閃啊！懂不懂？讓這些人看到，保證明天全校都知道了。」

他啐了一聲，無奈地笑了笑。

「喔，就是現在！摟緊一點。」成為這麼多人的焦點，當然要好好利用，而且我一直都非常享受那種羨慕的眼光。

白晨邕微微皺了皺眉，卻還是將我摟進懷中。

俄頃，我看見有人滿臉驚恐地拿起手機，準備拍照存證，此刻可是最佳時機，我故意模仿清純式甜美笑容，特地露齒笑得像花痴。

「快點把握時機，最好讓他們傳上校版，我已經等不及看那群小粉絲後悔的表情了。」我不斷對他使眼色，「快點捏捏我的臉頰，然後要笑得很開心。」

他伸出右手，輕輕觸及我的左臉頰，我對他讚許地點點頭。

下一秒，他卻停下腳步，不等我反應過來，猛然托住我的臉龐，俯身向前，唇瓣緊緊堵住我還想下命令的嘴上。

我整個身軀像是被雷擊般定格在原地，睜大雙眼望著他。

「這樣比較快。」他聳聳肩，勾起唇角，故作瀟灑繼續向前走。

匆匆追上他，我忍不住竊笑，甚至忘了檢查目擊者們跌破眼鏡的糗樣，再也藏不住甜蜜。

我緊緊握著白晨邕厚實的手掌，渾身輕飄飄的，如同處在夢境中般虛幻飄渺。

「裴祝娜。」他輕輕說，「妳現在就是裴祝娜沒錯吧？」

「那當然，只有我有能力扮演妮淵，妮淵可沒有那個勇氣演我。」我得意洋洋的笑了起來，不過，想起妮淵，我的唇角卻忽然一滯，「你確定自己喜歡的是我吧？不是裴妮淵？我裴祝娜風評壞得很，做過很多壞事，所有人都很討厭我，樓怡煦討厭我、裴妮淵討厭我、關玥寒可能也是，還有更多我不認識的正義魔人也討厭我，恨不得我車禍昏迷永遠都不要醒來——」

「有我喜歡妳就夠了。」他握緊我的手，我倆之前的氣氛突然換上感性，「再說，以後我也不會讓妳有機會做壞事，妳也不會有機會破壞別人的感情，因為，妳只准喜歡我。」

我捏了捏鼻頭，驅散那股酸感，「我才不會介入別人的感情，我只是報仇而已……」

「我知道，你們的那些過節，關馳赫全部都有跟我說過。」他擠出一個微笑，「但是，那些都過去了，別再去想了。」

我再度投入他的懷抱，唇角真摯的彎起微笑。

我曾以為，選擇了報仇後，自己已經永遠失去幸福的權利。

但還是有那麼一個人，願意看見我的另一面，願意給我機會，願意接納這樣被眾人唾棄的我。

或許這個世界上根本就沒有什麼純粹的反派，只是，當時還沒遇見正確的男主角。

再怎麼華麗的女主角，劇本背後總會有不為人知的一面。

也許，每一部劇本都只是記下最值得回憶的故事片段，在那些片段中，我是一個不受歡迎的反派，只配襯托女主角的清純和無辜，然而，在另一個故事裡，我也有權利翻轉結局，遇見屬於自己的男主角。

（全文完）

後記

謝謝閱讀完這個故事的讀者們，希望你們喜歡這本書，也希望這個故事能一直停留在你們心中。

首先來聊聊寫反派的心路歷程，寫下這本書的動機，是因為我對「反派」角色的特殊情懷。一直以來，我總會不自覺為某些電影的反派著迷，例如《飢餓遊戲》中的專業貢品，或是《名偵探柯南》中黑暗組織的成員，雖然他們作惡多端的行為並不值得讚許，也讓觀眾氣得牙癢，然而，看著電影、小說的同時，我總會想知道，在作者沒描述的故事中，他們是怎麼生活的？我始終堅信，無論是什麼樣的人都會有欣賞、喜愛他們的人，拋開主角濾鏡，在沒有文字刻畫的世界中，他們也過著自己的生活，也是被某些人深愛著的平凡人吧？

一部劇本紀錄下的故事也許只是最值得一提的片段，在主角光鮮亮麗背後，被遺忘的配角、被憎恨的反派，也隱藏了一些不為人知的故事。

還記得之前看韓劇《W兩個世界》時，對一個小細節特別印象深刻，女主角在穿越到漫畫世界後，時間軸一轉眼間就瞬移了兩個月，因為在漫畫的虛擬世界中，留下的只有與主線劇情有關的場景。

小說又何嘗不是如此呢？作者呈現了有助於讀者理解的故事片段，在一個故事中看似邪惡的反派，為非作歹、處心積慮陷害女主角，更是完美襯托了主角的清純光環，然而在那些我們看不見的情節中，反派也有自己的故事，擁有上帝視角的我們，若是換個角度看待，會發現，反派也是自己人生中的主角，也許不是主流的正義角色，卻也是一段值得細細品味的故事。

讀完《反派的戀愛之路》，相信大家能感受到祝娜是一個性格充滿缺陷的角色，她犯過錯，個性更是不討喜，但也因此，她為自己犯下的過錯也付出了很大的代價，以最深刻、最靠近的方式感受到喜歡的男孩是如何喜愛著別的女孩，捲入了一連串艱難的風波，更被同儕唾棄，面臨種種欺凌。

在這些陰暗面中，褪下她為自己畫上的層層保護色，揭露的卻是她內心深處的無助和絕望，祝娜犯過錯，但她終究也是一個脆弱、令人憐憫的女孩。

在另一部劇本中，男主角不同、故事角度不同，最終祝娜也找到了屬於自己的幸福。

總歸一句，不管你是什麼樣的人，總會有一個人發現你的好。

最後，能讓這個故事以實體書和大家見面，謝謝支持我寫作的家人，謝謝齊安編輯辛苦幫我校稿、給予意見，更謝謝一直期待新作、支持我的讀者和文友，有你們的陪伴，我會以更好的模樣繼續推出更多作品的！

陌穎

要青春78　PG2545

要有光
FIAT LUX

反派的戀愛之路

作　　者	陌　穎
責任編輯	喬齊安
圖文排版	黃莉珊
封面設計	蔡瑋筠

出版策劃	要有光
發 行 人	宋政坤
法律顧問	毛國樑　律師
印製發行	秀威資訊科技股份有限公司 114台北市內湖區瑞光路76巷65號1樓 電話：+886-2-2796-3638　傳真：+886-2-2796-1377 http://www.showwe.com.tw
劃撥帳號	19563868　戶名：秀威資訊科技股份有限公司 讀者服務信箱：service@showwe.com.tw
展售門市	國家書店（松江門市） 104台北市中山區松江路209號1樓 電話：+886-2-2518-0207　傳真：+886-2-2518-0778
網路訂購	秀威網路書店：https://store.showwe.tw 國家網路書店：https://www.govbooks.com.tw
總 經 銷	聯合發行股份有限公司 231新北市新店區寶橋路235巷6弄6號4F 電話：+886-2-2917-8022　傳真：+886-2-2915-6275

出版日期	2021年5月　BOD一版
定　　價	310元

Printed in Taiwan

國家圖書館出版品預行編目

反派的戀愛之路/陌穎著. -- 一版. -- 臺北市：
要有光, 2021.05
面；　公分. -- (要青春；78)
BOD版
ISBN 978-986-6992-69-8(平裝)

863.57　　110004849

讀者回函卡

感謝您購買本書，為提升服務品質，請填妥以下資料，將讀者回函卡直接寄回或傳真本公司，收到您的寶貴意見後，我們會收藏記錄及檢討，謝謝！如您需要了解本公司最新出版書目、購書優惠或企劃活動，歡迎您上網查詢或下載相關資料：http:// www.showwe.com.tw

您購買的書名：＿＿＿＿＿＿＿＿＿＿＿＿＿＿＿＿＿＿＿＿

出生日期：＿＿＿＿年＿＿＿＿月＿＿＿＿日

學歷：□高中（含）以下　□大專　□研究所（含）以上

職業：□製造業　□金融業　□資訊業　□軍警　□傳播業　□自由業
□服務業　□公務員　□教職　□學生　□家管　□其它＿＿＿

購書地點：□網路書店　□實體書店　□書展　□郵購　□贈閱　□其他

您從何得知本書的消息？

□網路書店　□實體書店　□網路搜尋　□電子報　□書訊　□雜誌
□傳播媒體　□親友推薦　□網站推薦　□部落格　□其他＿＿＿＿＿

您對本書的評價：（請填代號　1.非常滿意　2.滿意　3.尚可　4.再改進）

封面設計＿＿　版面編排＿＿　內容＿＿　文／譯筆＿＿　價格＿＿

讀完書後您覺得：

□很有收穫　□有收穫　□收穫不多　□沒收穫

對我們的建議：＿＿＿＿＿＿＿＿＿＿＿＿＿＿＿＿＿＿＿＿

＿＿＿＿＿＿＿＿＿＿＿＿＿＿＿＿＿＿＿＿＿＿＿＿＿＿

＿＿＿＿＿＿＿＿＿＿＿＿＿＿＿＿＿＿＿＿＿＿＿＿＿＿

＿＿＿＿＿＿＿＿＿＿＿＿＿＿＿＿＿＿＿＿＿＿＿＿＿＿

請貼
郵票

11466
台北市內湖區瑞光路 76 巷 65 號 1 樓
秀威資訊科技股份有限公司 收
BOD 數位出版事業部

（請沿線對折寄回，謝謝！）

姓　　名：＿＿＿＿＿＿＿＿　年齡：＿＿＿＿　性別：□女　□男

郵遞區號：□□□□□

地　　址：＿＿＿＿＿＿＿＿＿＿＿＿＿＿＿＿

聯絡電話：(日)＿＿＿＿＿＿＿＿　(夜)＿＿＿＿＿＿＿＿

E-mail：＿＿＿＿＿＿＿＿＿＿＿＿＿＿＿＿